GOTAS DE
OTIMISMO E PAZ

GOTAS DE
OTIMISMO E PAZ

Lucy Dias Ramos

Copyright © 2010 *by*
FEDERAÇÃO ESPÍRITA BRASILEIRA – FEB

1ª edição – Impressão pequenas tiragens – 6/2025

ISBN 978-85-7328-684-7

Todos os direitos reservados. Nenhuma parte desta publicação pode ser reproduzida, armazenada ou transmitida, total ou parcialmente, por quaisquer métodos ou processos, sem autorização do detentor do *copyright*.

FEDERAÇÃO ESPÍRITA BRASILEIRA – FEB
SGAN 603 – Conjunto F – Avenida L2 Norte
70830-106 – Brasília (DF) – Brasil
www.febeditora.com.br
editorial@febnet.org.br
+55 61 2101 6161

Pedidos de livros à FEB
Comercial
Tel.: (61) 2101 6161 – comercial@febnet.org.br

Adquirindo esta obra, você está colaborando com as ações de assistência e promoção social da FEB e com o Movimento Espírita na divulgação do Evangelho de Jesus à luz do Espiritismo.

Dados Internacionais de Catalogação na Publicação (CIP)
(Federação Espírita Brasileira – Biblioteca de Obras Raras)

R175g   Ramos, Lucy Dias, 1935–

           Gotas de otimismo e paz / Lucy Dias Ramos. – 1.ed. – Impressão pequenas tiragens– Brasília: FEB, 2025.

           200 p.; 21cm

           ISBN 978-85-7328-684-7

           1. Conduta. 2. Espiritismo. I. Federação Espírita Brasileira. II. Título.

CDD 133.9
CDU 133.7
CDE 80.01.00

Às minhas companheiras da Casa Espírita dos dois planos da vida.

Sumário

Prefácio 9
Introdução 13
Um novo dia 17
Pontos de luz 19
Prosseguir sempre 21
Moedas de amor 23
Equilíbrio das emoções 27
Convite à vida 29
Silêncio interior 31
Singulares lembranças 35
As respostas de Deus 37
Felicidade possível 39
Sintonia mental 41
Momentos de paz 43
O valor da humildade 45
Sublime amor 49
Coragem moral 51
Reflexões ante a dor 55
Gestos de amor 57
Falar com Deus 59
Convite à reflexão 61
Seguir Jesus 63
Viajores do tempo 65
Nossas mãos 69
A dor da separação 71
A compaixão 75
Ante o sublime 77
Gratidão a Deus 81
Realização pessoal 83
Diante da morte 85
Alegria de viver 89

Saúde integral	91
A conquista da paz	95
Por que sofremos	97
Laços de família	101
Conflitos familiares	105
Alicerce de amor	107
Seja generoso	111
Confiança em Deus	113
O poder da fé	115
Impedimentos diários	117
Renascer sempre	119
Luz gradativa	121
Ausentes da vida	123
O valor da amizade	127
As lições do passado	129
Recordações e reminiscências	131
Simplicidade	135
Refazendo caminhos	139
Além do horizonte	143
A bênção da amizade	147
Educando os sentimentos	151
O relógio do coração	155
Esperança e coragem	157
Luta íntima	159
Aprendendo a amar	161
Renovação moral	163
Reflexões ante o céu estrelado	165
Refúgio de paz	169
A arte de envelhecer	173
A boa palavra	177
A arte de ser feliz	179
Um Natal diferente	183
Presente de Natal	187
O Natal e Jesus	191
Novos tempos	193

Prefácio

Quem está habituado a ler os periódicos espíritas, por certo já se deparou com os sempre oportunos, luminosos e notáveis artigos de Lucy Dias Ramos, nos quais podemos observar não só a sua lucidez, experiência de vida, sensibilidade, mas também descortinos filosóficos sempre vazados nos seguros postulados espiritistas e naturalmente condimentados pelo viés evangélico-cristão.

Nos estressantes e tumultuados dias hodiernos, plenos de despautérios e escarcéus, até mesmo parecendo que a Humanidade perdeu — definitivamente — o endereço de Deus e da Espiritualidade, a presente obra de Lucy surge no proscênio literário-espiritista como bálsamo refazedor, qual chuva generosa a cair suavemente no crestado e sáfaro terreno das almas, oferecendo reconforto e norte.

São gotas de otimismo, paz e esperança que nos auxiliam a levantar os olhos na direção do Infinito, que guarda o futuro risonho que o Pai celestial destinou às suas criaturas, sem exceção.

Trata-se de um livro de conteúdo ameno e esclarecedor, no qual podemos nos plenificar de energias e nos municiar de referenciais de luz, para o enfrentamento sereno das vicissitudes do dia a dia que fazem parte do nosso carreiro evolutivo, oferecendo-nos subsídios para seguirmos avante — impertérritos e sem tropeços — em busca de nossa destinação gloriosa e feliz.

Oferece, também, maneiras e indicações objetivas para incorporarmos em nosso estilo vivencial, na vida de relação, as alcandoradas diretrizes de Jesus, esclarecendo-nos acerca da lei de causa e efeito e sobre os abendiçoados corolários dos atos de perdoar, relevar, orar, amar e instruir.

Não seria exagero dizer que a autora alia em seus escritos o descortino filosófico do naipe dos de Joanna de Ângelis emoldurado por suave e bela poesia semelhante à de Amélia Rodrigues, retratando com tintas de luz os quadros da Natureza exuberante sempre presentes e necessários para o equilíbrio e paz das criaturas, verdadeiros ninhos de vitalidade e aconchego.

De maneira corajosa e transparente, Lucy vai se revelando — sem rebuços —, desnundando-se desses sentimentos depositados nas mais íntimas anfractuosidades da alma, mas que na verdade são os sentimentos de todos nós, ainda que não os saibamos identificar ou verbalizar da forma cristalina com que ela o faz. — São os sentimentos que ressumam — naturalmente — de nossas experiências vivenciais e aí vamos perceber que as nossas dores e frustrações não são fatos isolados, únicos, mas que outras criaturas também passaram por seus calvários, logrando as superações necessárias e mostrando, portanto, que razão não existe para desesperos, descoroçoamentos e falta de confiança em Deus.

São ensinamentos valiosos que obtemos da leitura atenta dessas *Gotas de otimismo e paz* e que chegam em boa hora para enriquecer ainda mais a bibliografia espírita.

Reconhecendo — humildemente — que nos faltam poesia, engenho e arte para definir o valioso conteúdo filosófico deste livro, socorro-me da genialidade de Cruz e Souza, o "Cisne Negro", que compôs o poema "Alma Livre" como que para homenagear a autora:

"[...] A alma livre contempla o novo dia.
Longe das dores do passado incerto,
Mergulhada no esplêndido concerto
De outros mundos, que a luz acaricia!

Alma liberta, redimida e pura,
Vê a aurora depois da noite escura,
Numa visão mirífica, superna...

Penetra o mundo da Imortalidade,
Entre canções de luz e liberdade,
Forçando as portas da Beleza Eterna!"

Ao transferir para as letras os seus mais íntimos e profundos sentimentos, Lucy está nos oferecendo, em outras palavras, mas também — poética e consoladoramente —, o que o notável "Cisne Negro" escreveu para os tristes e desconsolados:

"Sou tua irmã e intrépida quisera
Trazer-te a luz que esplende pela Altura,
Afastando essa dor que te amargura
Nas ansiedades de uma longa espera."

Boa leitura a todos!

ROGÉRIO COELHO

Introdução

Muitas vezes, ao longo do caminho, as adversidades e as lutas nos levam a atitudes equivocadas com relação ao prosseguimento dos deveres que nos competem.

Descuidados, deixamo-nos levar pelo desânimo e desistimos de enfrentar os obstáculos, distanciando-nos da linha do crescimento espiritual, fugindo ao imperativo dos compromissos assumidos.

Adiamos as obrigações do lar, da vida profissional, dos trabalhos voluntários que abraçamos como sustentação da vida...

Em momentos assim, de desalento e pensamentos negativos, devemos recorrer a uma página que nos levante o ânimo, que nos incite a orar e nos afaste das faixas inferiores a que a situação adversa nos conduziu.

Esta coletânea de apontamentos singelos resulta de minhas vivências e reflexões, ancorada nos ensinamentos espíritas. É mais um livro que com carinho ofereço à sua sensibilidade...

Desejo, sinceramente, falar ao seu coração e quem sabe conseguir demovê-lo de seguir atalhos ou sendas que o distanciariam da fé e da compreensão da Lei Divina. Não tenho a pretensão de solucionar os problemas que o infelicitam ou preocupam, mas tão somente ajudá-lo, indicando o caminho que já palmilhei e demonstrar como fui beneficiada pela fé e confiança em Deus.

Nos dias atuais muitos são os autores espíritas que se preocupam com a gravidade da situação de nosso planeta em constantes transformações... As mudanças que surgem e são necessárias não acontecem sem alterar a vida em sua transitoriedade.

Acredito que todos nós devemos nos unir na divulgação dos princípios espíritas, buscando falar de Jesus, de seus ensinamentos de forma simples e objetiva para os corações que sofrem perdas, dores morais e descreem da possibilidade de um futuro melhor.

O Espiritismo nos dá subsídios para o enfrentamento dos dias difíceis que todos passamos e ainda teremos de enfrentar.

Tratando-se de moral cristã, não apresentamos nada novo, desejo apenas repassar para você, querido leitor, o que sinto no intuito de oferecer mais um livro que o leve às reflexões a respeito da vida e do viver.

Existem acontecimentos que nos constrangem...

Outros, nos surpreendem...

Ficamos, algumas vezes, sem saber o que fazer ou que direção seguir...

O roteiro seguro será sempre as lições do Evangelho de Jesus, demonstrando para todos nós que se tivermos fé e coragem acenderemos em nosso mundo íntimo a luz da esperança para caminharmos seguros e destemidos.

Não há privilégios nem benefícios aos que se julgam detentores da verdade.

Somos viajantes desta longa estrada que é a vida imperecível com destinação ao progresso espiritual e, somente por meio do serviço no bem, encontraremos a vitória essencial sobre nós mesmos por intermédio da renovação moral.

São estes os pensamentos que trago para você e espero que ao ler as mensagens deste pequeno livro consiga vencer os óbices de sua caminhada e ser feliz.

Consciente de que não existe nada insignificante na vida quando nos propomos a servir, espero como a semente minúscula que ainda não germinou, mas tem dentro de si todas as potencialidades para crescer, florescer e dar bons frutos – chegar ao seu coração como flores de amor e generosidade, enfeitando seus dias de paz e amor!

LUCY DIAS RAMOS
Juiz de Fora (MG), 23 de janeiro de 2010.

Um novo dia

Existe dentro de cada um de nós uma voz interior que nos conclama ao equilíbrio e à paz.

De maneira sensata, essa voz nos convida à reflexão, à calma e à aceitação serena dos desígnios de Deus.

Pare um instante em seu dia atribulado...

Medite acerca dos últimos acontecimentos...

Não dê demasiada importância ao sentido material das coisas que o cercam e tentam desviá-lo de sua espiritualidade.

Somos espíritos imortais e retornaremos um dia à vida imperecível.

Busque em Deus a solução de seus problemas, mas faça a sua parte com fé e coragem.

Não menospreze as oportunidades que estão diante de você, convidando-o a seguir em frente e a cumprir seus deveres.

A oração suaviza as agruras da vida e nos enseja a comunhão com o Pai Criador.

Não desanime porque as coisas não estão conforme seus planos...

As respostas de Deus nem sempre nos conferem vantagens e vitórias.

Mesmo assim é o melhor que Ele nos oferece visando ao nosso progresso espiritual.

Sem desespero e em paz consigo mesmo, o sofrimento não impedirá você de buscar alternativas que o farão vivenciar sua existência com retidão e os que se aproximarem de você estarão mais dispostos a lhe oferecer o apoio fraterno de que necessita.

Mesmo sofrendo, sorria e seja grato a Deus pela dádiva da vida.

Outros sofreram muito mais e conseguiram sobreviver.

Portanto, não desanime.

Confie e ore agradecendo a Deus o novo dia que amanhece com possibilidades de trazer para seu mundo a beleza do amor e da serenidade íntima.

Pontos de luz

O Sol ainda não despontou vencendo as brumas deste amanhecer, mas você sabe que ele permanece fiel iluminando a Terra...

O nevoeiro denso impede que sua luz doure a paisagem cinzenta nesta manhã de domingo, mas você reconhece que em determinada hora ou dia, ele voltará a brilhar intensamente e os campos estarão mais floridos e perfumados sob o calor de seus raios...

A vida segue seu ritmo normal no suceder das horas e seu coração ansioso por dias melhores luta para não se deixar entorpecer pela angústia e o desencanto, porque em seu mundo íntimo brilha a luz da fé e da confiança em Deus.

Quando em momentos de intensa dor, sufocado pelo pranto e o desamor que tenta minar sua resistência e sua fé, olhe em torno de você e admire a grandiosidade da Natureza a nos envolver com as carícias do vento, o calor do sol, a beleza das flores e respire profundamente, inalando o ar desta manhã, renovando-se interiormente por intermédio da prece e da gratidão a Deus.

No sofrimento, nas dores da alma somos auferidos em nossos valores morais e testemunhamos o poder que a religiosidade imprimiu em nossas vidas.

Mais que conhecer a beleza dos ensinamentos de Jesus, é necessário viver intensamente e seguir cada ponto de luz que norteia nossa caminhada, sabedores de que somente educando nossos sentimentos, buscando a espiritualidade, é que estamos seguindo o roteiro sublime que Ele traçou para cada um de nós...

Por isso, meu amigo, não se deixar abalar pelas pedras do caminho...

Tenha paciência e siga confiante na busca do seu ideal maior, de seu destino feliz.

E nós sabemos que felicidade é paz na consciência e somente a conquistaremos se formos coerentes com o que já sabemos e o que fazemos de nossas vidas.

Não desanime jamais.

Amanhã é outro dia e novas oportunidades virão ao seu encontro!...

Prosseguir sempre

Meu amigo, você já se deu conta do exemplo do Sol em sua constante tarefa de iluminar nossos dias?

Observou sua persistência e sua perenidade na repetição dos dias e das noites, seguindo o ciclo da existência e cumprindo sua missão?

Na luta que trava com as brumas do amanhecer, vencendo a todos os impedimentos para conseguir iluminar a Terra?

Ele persiste, prossegue e vence propiciando aos que o observam a glória do amanhecer com seus raios fulgurantes dourando campos e cidades, praias e mares sem-fim, sempre determinado a realizar sua trajetória...

E você, tem se mantido fiel aos seus compromissos?

A cada noite, quando encerra suas atividades e retorna ao lar para o descanso merecido, analisa o seu dia e se sente tranquilo e em paz?

Caso não tenha em seu coração a serenidade íntima para adormecer sem que nada o incomode, você, certamente, não é uma pessoa feliz e tranquila. Seu dia não transcorreu como devia, seguindo as normas do bem proceder, e sua mente está ressentida com fatos e pessoas...

Mesmo assim, não se deixe abater, censurando a si mesmo ou as pessoas que lhe criaram dificuldades. Mantenha em seu coração o firme propósito de não errar mais e, na manhã seguinte, levante-se com bom ânimo e coragem para enfrentar mais um dia, desta vez com mais paciência e respeito pelos que caminham a seu lado.

Quase sempre falhamos em nossos relacionamentos e em nossos projetos de vida.

Queremos acertar, viver em paz, alimentar em nosso íntimo a esperança e a fé, entretanto, algumas vezes, nos deixamos levar pela intolerância, pela descrença e perdemos longas horas em situações de intransigência, danosas ao nosso bem-estar físico e equilíbrio mental.

Depois, nos ressentimos de nossos atos precipitados e desanimamos de prosseguir, evitando as pessoas e complicando nosso dia e nosso trabalho.

O correto, porém, é pedir desculpas, reparar o mal que fizemos e seguir em frente, sem alimentar mágoas ou desencanto. Agindo assim, melhoramos nossa sintonia mental e recebemos a ajuda de que necessitamos.

Por isso, meu amigo, não desanime e lute sempre contra as imperfeições morais que tentam impedir seu progresso e o desviam de seu futuro espiritual.

Prossiga com fé e ilumine seu coração com a luz do amor!

Você se sentirá melhor, em paz consigo mesmo e com a vida que estua em torno de você!

Moedas de amor

Quando somos defrontados por dores e desafios nos caminhos da vida, tornamo-nos mais sensíveis aos sofrimentos alheios, como se nossa alma estivesse mais apta a entender o que se passa em seus corações e o amor direcionasse nossos gestos de solidariedade.

Em nossas casas espíritas, no atendimento a quem sofre, vivenciamos fases distintas no acolhimento de quem nos busca, aturdido por problemas ou dilacerado por dores morais sem saber o que fazer ou como enfrentar determinadas situações angustiantes e inexplicáveis. Em momentos assim, reconhecemos o valor do conhecimento espírita e os recursos valiosos que este entendimento nos faculta no trato de problemas vivenciais e nas dificuldades defrontadas por quem sofre.

Entretanto, teremos que nos cuidar para que não nos percamos nas diversas fases de atendimento ao outro, desde o conhecimento do problema, sabendo ouvir com paciência e solicitude, na avaliação de cada caso e posterior análise da situação aflitiva do atendido. No envolvimento que aflora à nossa mente, a empatia com que lidamos com a problemática que nos é relatada é que determinará o modo mais justo e equilibrado para ajudar, atendendo aos objetivos da casa espírita, que destaca a caridade como a meta prioritária a ser alcançada por todos nós.

Infelizmente, ainda perduram dificuldades no atendimento em nossas casas espíritas, como também na vida diária quando somos procurados pela dor que abate tantas vidas, levando muitos ao desespero e a não aceitação das Leis Divinas.

Devemos nos precaver quanto ao cerceamento do desejo de ajudar, muitas vezes inconsciente, que atrapalha nossa colaboração ao que sofre.

Certos bloqueios surgem, geralmente, quando temos: receio de errar, preconceito, medo de sofrer em contato com a dor alheia, comodismo, falsa impossibilidade de ajudar e egoísmo. Estas são barreiras que criamos como autodefesa.

O ideal para vencê-las é nos deixar guiar pelo sentimento de compaixão e pelo amor que saberão nortear nossa conduta melhor que qualquer compêndio de orientação e autoajuda.

A visão materialista da vida, levando o ser à busca do prazer, da glória, das facilidades transitórias do mundo, o torna insensível ante a dor alheia.

Somente por meio do sofrimento o ser humano retoma a sensibilidade ante o infortúnio que se abate sobre aquele que o procura, requerendo ajuda e compreensão.

O processo de reajuste que a dor imprime em seu mundo íntimo o faz mais solidário e sensível, aproximando-o mais celeremente do entendimento maior da lei de caridade e de justiça a qual nos submetemos para alcançar a plenitude.

A fé e a compreensão adquiridas com o estudo da Doutrina Espírita concedem-nos o equilíbrio pela compreensão do mecanismo da dor, de padecimentos físicos e morais. O Espiritismo nos dá uma possibilidade maior para compreender por que sofremos e entender, com mais propriedade, a dor do outro.

Estamos inseridos no contexto social por meio da profissão, do trabalho voluntário, da religião, da família e todas as ramificações decorrentes destas instituições que nos levam como ser gregário que somos a interagir com as pessoas e a evitar que nos ilhemos em atitudes egoísticas.

A indiferença ante a realidade social trará consequências desagradáveis ao nosso viver por permitir que o egoísmo turve nossa visão, restringindo-nos e bloqueando os mais nobres sentimentos de solidariedade e compaixão.

A caridade, virtude excelsa, é luz no caminho dos que buscam Jesus na pessoa dos infortunados, dos tristes e oprimidos pela miséria social.

Apiedar-se dos que sofrem é atitude digna do verdadeiro cristão que ao beneficiá-los o faz, primeiramente, para si mesmo, porque somos atendidos pelos benfeitores espirituais, na medida em que semeamos as sementes da caridade no solo dos corações ou espalhamos moedas de amor pelo caminho...

Caridade, luz na alma e no caminho dos que socorrem a dor alheia...

Farol que nos guia e protege contra as investidas do mal. Escudo que nos defende e nos livra das agruras do desespero quando sofremos a dor da perda, da dilaceração moral de nossos sonhos...

Meu irmão, a pretexto de não possuir nada, nunca cruze seus braços, porque o amor também se expressa nas pequenas dádivas da compreensão, do sorriso, do abraço fraterno, da frase que consola e restitui a alegria de viver aos desesperados e tristes... Faça a sua parte. Doe o que de melhor existe em você, por meio da esperança, do bem, do calor humano que estimula a vida e o amor.

A moeda do amor é mais significativa e todos nós a podemos ofertar.

Basta tão somente deixar que a luz da caridade brilhe em nossos corações.

Equilíbrio das emoções

Há dias assim — tristes, melancólicos, sem a luz da esperança em nossos corações...

Mesmo que o Sol brilhe no firmamento, a vida siga seu ritmo normal, as notícias não sejam desagradáveis, persiste em nosso mundo íntimo a nuvem da tristeza ensombrando nosso amanhecer...

Uma vaga nostalgia oprime nosso peito e a saudade ronda nossos passos, aniquilando nossos anseios de felicidade.

Não conseguimos chorar, mas nos sentimos sofridos e gostaríamos de extravasar num pranto copioso nossas angústias e as dores de nossa alma...

No entanto, o dever aguarda nossa participação para que a indiferença e o desânimo não nos impeçam de prosseguir com os compromissos assumidos.

A crença em Deus nos coloca frente a frente com esta sensação incômoda, cobrando-nos a reação saudável e o destemor com que devemos encarar as dificuldades de nosso mundo íntimo.

Se conseguirmos sair desta prisão mental que estreita os horizontes de nossa visão acerca dos problemas vivenciais, nos sentiremos libertos e modificaremos nossos pensamentos negativos e deprimentes.

Aos poucos, nosso pensamento começa a fluir mais livremente e começamos a refletir sobre os motivos que nos colocaram tão tristonhos e desmotivados.

Se não há causa aparente, conseguimos mudar mais celeremente nossa sintonia e iniciamos um processo de avaliação íntima das vantagens de estarmos vivos e conscientes das possibilidades para seguir nosso caminho sem a sombra da desesperança.

Se houver questões pendentes, mágoas ou melindres, é hora de exercitar a humildade e avaliar se estamos, realmente, testemunhando o que já assimilamos nos ensinos de Jesus e na visão espiritualista que enriquece nossa existência.

Equilibrando nossas emoções por meio da meditação e da prece, voltamos a conquistar nosso padrão vibratório normal e enxergamos a beleza de tudo o que a Natureza nos oferece, saudando a dádiva de mais um dia.

A tristeza se esvai, a melancolia já não faz morada em nosso coração e oramos gratos a Deus pela beleza da vida e a luz do sol, neste amanhecer que esplende em cores e luzes aquecendo nosso mundo.

Voltamos a sorrir.

Convite à vida

Cuide deste dia que surge para você pleno de oportunidades de fazer o bem.

Não busque lá fora a felicidade nem a alegria de viver. A felicidade está dentro de seu mundo íntimo, esperando ser compreendida e vivenciada nas inúmeras maneiras que a vida lhe oferece de se sentir em paz e tranquilo.

Não veja, nas dificuldades, nos problemas e nas dores, motivos de desencanto e de infelicidade permanente. Deus nos concede o sofrimento como o lapidador de nossas almas.

Pense na função educativa da dor que nos faz melhores, mais compreensivos e indulgentes para com o outro, porque pela experiência entendemos com maior discernimento o problema de nosso próximo.

Quantas vezes somos auferidos em nossos valores morais por meio de experiências redentoras e não nos damos conta de que a vida nos devolve o que semeamos ao longo do caminho...

Observa a Natureza em todo o seu esplendor, em toda a sua beleza...

Nem todos os dias a brisa é suave, o céu permanece azul, a neblina refresca os ramos das árvores... A Natureza sofre a violência do vento que prenuncia tempestades que lhe vergastam o solo e as plantas, deixa-se abater pela chuva constante a encharcar os campos, derrubando as flores... Após a tempestade, reergue-se triunfante a abençoar o tempo e se deixa acariciar pelo Sol que desponta no alvorecer após a noite escura.

Nós, também, se aceitarmos as lutas, as dores da alma, as provações com serenidade e confiança em Deus, poderemos sair vitoriosos após o látego do sofrimento, com a alma renovada, acendendo em nossos corações as luzes do amor, da esperança e da fé.

Seja compassivo e tolerante quando for chamado ao testemunho para que, passado o transe doloroso, a paz habite seu mundo íntimo e você, meu irmão, possa dizer: *obrigado, meu Deus, porque sofri, mas não fiquei em desamparo... Seu amor imensurável me sustentou nos momentos mais difíceis e pude sentir em meu coração quanto sou amado!*

Silêncio interior

No mundo atual, a poluição sonora é assustadora, principalmente nas grandes cidades. Não percebemos os sons da Natureza ou das vozes das pessoas que nos falam em sua frequência normal.

É difícil escutar mesmo que o queiramos, para dar a atenção necessária, quando dialogamos com alguém, porque não estamos habituados a ouvir.

Não falo de deficiência auditiva, mas da arte de ouvir o outro, hábito pouco conhecido pela maioria das pessoas...

Para escutar o outro, precisamos desenvolver a arte de perceber a voz interior que habita neste mundo apenas nosso, em que podemos nos recolher sem ser perturbados ou interrompidos por ninguém.

É preciso, porém, saber ouvir esta voz que fala no recôndito de nossa alma e estar receptivo para entender o que ela diz.

Chamo este recanto da minha alma de ilha do silêncio.

O hábito salutar da reflexão, da meditação, nos concede este momento mágico, no qual ouvimos esta voz interior e em silêncio neste refúgio de paz nos sentimos bem, aguçamos nossos sentidos e retornamos ao mundo dos sons mais aptos a entender o que se passa nele.

A melhor maneira de impedir que o tempo nos domine com suas restrições é buscar neste mundo íntimo, pela meditação, o silêncio renovador que nos transmite a paz e a serenidade íntima.

Paramos o tempo, impedimos suas limitações quando nos afastamos de tudo para meditar, refletir e orar em silêncio, escutando dentro de nós o que nossa percepção nos concede, ouvindo a voz da consciência lúcida ou entrando em sintonia com outros seres também aquietados em suas emoções...

Aprendemos a viver neste mundo temporariamente e retornamos mais conscientes de real objetivo da vida em sua grandeza.

Todos nós temos necessidade de buscar estes momentos de solidão, retirando-nos para um lugar tranquilo onde possamos aquietar nossa mente por alguns minutos, relaxar e perceber o que se passa neste mundo inteiramente nosso, em que os pensamentos são livres e a reflexão nos leva a percepções cada vez mais amplas...

Quando conseguimos nos refugiar dentro de nós mesmos, ficamos mais serenos, interrompemos o fluxo da agitação que vive fora de nós, temos mais inspiração e aprendemos a escutar. Somente quem sabe escutar esta voz interior consegue, realmente, ouvir o que o outro tem a dizer...

Ouvir silenciosamente, sem pensar em nada além do que o outro diz e assimilar sua fala, o que está nos comunicando ou ensinando.

Muitas pessoas não sabem ouvir. Enquanto o outro fala, estão pensando em outras coisas, pensamentos intrusos interrompem a audição, preparam ardilosamente o que irão responder ou como contestar o que ouvem ou pensam estar ouvindo...

Tenhamos pensamentos enobrecidos ajudando-nos a manter um relacionamento de alto nível e equilibrado com todos os que caminham conosco. Além disso, estaremos melhorando consideravelmente nossa sintonia mental, o que nos propiciará a assistência amorosa dos benfeitores espirituais e companhias equilibradas nos dois planos da vida.

Quando não conseguimos harmonizar nosso mundo íntimo, tumultuamos nossa vida de relação. Não se consegue a paz exterior quando o interior não está sereno e equilibrado. Ao contrário, quando tudo em torno de nós parece desabar e ameaçar-nos com lutas e desagravos, conseguimos manter a calma se estivermos intimamente em paz.

O pensamento é força criadora e, se o utilizarmos para o bem, seremos agraciados com fluidos bons e saudáveis. Influenciando os outros, nosso pensamento gera simpatias ou aversões, sempre em sintonia com o que emitimos. A influência se faz, também, sobre nós mesmos, porque lhe sofremos diretamente as radiações positivas ou negativas de acordo com suas características.

Por isso, meu irmão, não menospreze o momento íntimo no qual você busca, na oração ou na meditação, este recanto de sua alma, refúgio de paz para seu reequilíbrio psíquico e restauração das energias físicas.

Neste aprendizado você logrará muitas vantagens e aprenderá a priorizar as coisas espirituais que constituem para todos nós aquele tesouro que a traça nem a ferrugem destroem...

Em certas horas de nossa vida, quando o sofrimento nos atinge dilacerando sonhos e magoando nosso coração, busquemos este mundo interior que nos acolhe e no qual recebemos as bênçãos dos céus, por meio da abnegação e solicitude dos benfeitores espirituais, sempre atentos às nossas necessidades maiores.

Voltaremos para as lutas na vida que aguarda o melhor de cada um de nós, revigorados e serenos como leais seguidores dos ensinamentos de Jesus que já sabem o que desejam neste mundo e qual o caminho a seguir!...

Singulares lembranças

Busque na memória do tempo as recordações felizes que estão gravadas em seu mundo íntimo...

Procure, porém, apenas as que fazem bem à sua alma, dando ensejos de novas conquistas elevadas e serenidade íntima.

Existem momentos que devem ser relembrados e servem de estímulos às vivências atuais, outros devem ser esquecidos e se os recordamos devemos alijá-los de nossa mente para não cairmos nas armadilhas da insensatez ou do desencanto...

São singulares as lembranças de nossa infância, quando ainda podíamos nos ater aos pequenos entretenimentos sem a pressa de hoje, sem os preconceitos que nos prendem e nos impedem de ser felizes...

Vivíamos em constante busca das coisas mais simples da vida.

Quem não se recorda de fatos assim tão singelos?

Debruçados na janela de nossas casas, que tinham quintal e varanda, flores e frutos ao nosso alcance, quantas vezes olhávamos a chuva caindo na calçada, formando bolhas que para nós eram soldadinhos marchando sobre a enxurrada?

O barulho da chuva na vidraça tamborilando canções que inventávamos e suas gotas descendo como lágrimas que escorriam em nosso rosto quando não podíamos sair à rua para brincar...

O canto dos pássaros no alvorecer, o galo que cantava de madrugada e nos encolhíamos de frio, porque o cobertor estava no chão e não tínhamos coragem de levantar para buscá-lo e em certo momento sentíamos que mãos carinhosas nos cobriam e acariciavam nossos cabelos...

O sabor do café com leite a cada manhã com pão quentinho e o sorriso de nossa mãe a nos preparar para mais um dia na escola...

A carícia do vento em nosso rosto quando caminhávamos nas férias sem qualquer preocupação e ficávamos a olhar as nuvens no céu, inventando figuras e desenhos que elas formavam e que iam devagarinho sumindo na amplidão do azul...

As orações que nossos pais faziam quando íamos dormir, as histórias que nos contavam e falavam de fadas e príncipes, animais que conversavam e pessoas generosas... Desejávamos crescer e ser como eles, nossos heróis.

Tantas lembranças, tantas motivações para sermos felizes e solidários...

Estes momentos devem ser lembrados como um estímulo em nossas vidas de hoje para que possamos enfrentar as lutas e as dificuldades, sem esmorecer.

Eles constituem os alicerces que sustentam a edificação de nossas vivências atuais.

Abasteceram nossas almas de fé, de confiança no futuro e de coragem para seguir em frente porque a poesia, o encantamento daquela fase de nossas vidas, indicam que ainda podemos sonhar, ser felizes, amar e entender o amor de Deus por todos nós, seus filhos, e saber distribuir pelo nosso caminho as flores da esperança e da generosidade a todos os que nos busquem em momentos de dor ou solidão!

As respostas de Deus

Sobrevoando a sala ricamente ornamentada, a mosca tenta voar e atingir o ponto mais elevado onde opulenta estátua paira soberana sobre as demais peças de arte...

Ela, obstinada, não vê outros objetos que circundam o ambiente porque deseja ardentemente pousar na estátua bem acima de sua capacidade de voar.

Assim também somos nós e perdemos em indagações, queixas e lamúrias a grandeza do momento atual com suas oportunidades de crescimento e embelezamento da vida.

Não entendemos os desígnios de Deus e clamamos contra tudo e contra todos, porque estão nos impedindo de conquistar o que achamos oportuno e vantajoso e perdemos a visão mais ampla do sentido real de nossa existência.

Em nossa pequenez espiritual não percebemos em amplitude o que nos é realmente importante nesta escalada em busca da felicidade e da paz.

Semelhante à mosca teimosa, não conseguimos caminhar na direção do que é importante no momento atual e não enxergamos o que se passa em torno de nós porque ainda não conseguimos realizar a viagem introspectiva para analisar o que nos convém e nos fará felizes.

Perdemos longo tempo sofrendo esta impossibilidade até que um dia despertamos e iniciamos a jornada redentora que enriquece nossos dias e nos demonstra o valor de cada coisa em seu lugar, cada acontecimento em sua hora mais propícia...

Desaparecem os fatores que nos levavam à melancolia, à tristeza e ao desalento.

Conseguimos vencer os entraves nesta caminhada para dentro de nosso mundo íntimo, passamos a nos conhecer melhor e já analisamos com maior discernimento o que devemos ou não podemos fazer.

Acendemos dentro de nós a luz da esperança, voltamos a descobrir o amor que aquece nosso coração e a beleza da vida abençoa nossos dias.

Somente entendendo nossas limitações, simplificando nossas vidas, aprendendo a arte de renunciar e aguardar serenamente as respostas de Deus às nossas rogativas é que poderemos auferir as vantagens de estarmos no presente, vivenciando as melhores oportunidades de desenvolvimento moral e de nossas potencialidades como seres imortais.

Assim, meu amigo, sonhe e planeje sua vida, mas não busque na ilusão da posse a felicidade e o poder.

Seus valores morais são tesouros que enriquecerão sua vida para sempre.

A ilusão o fará perder o sentido da vida em sua plenitude e beleza perene.

Amando, você descortinará o horizonte infinito que o guiará no rumo da felicidade e da paz!

Felicidade possível

Existe felicidade aqui na Terra?
Conseguimos sentir paz em meio a tantos infortúnios, guerras e dissensões em torno de nós?
Acredito que não. Da maneira que muitos conceituam a felicidade, ela, realmente, não existe.
Se a colocamos nas conquistas efêmeras das coisas materiais, na estabilidade financeira, no poder transitório, ficaremos em pouco tempo frustrados porque nos cansaremos e continuaremos insatisfeitos e sem objetivos que nos façam felizes!
A felicidade é um estado de espírito, um modo de ser que independe da situação financeira ou social porque vige na consciência tranquila e na possibilidade de ser útil e valorizado naquilo que somos, e não no que possuímos.
Sendo uma consequência de um estado subjetivo da alma, a felicidade não se compra nem está ao alcance de todos os que tenham condições de adquiri-la.
Ela é possível quando já possuímos o equilíbrio necessário e mesmo sentindo dificuldades materiais ou dores

da alma mantemos a fé em nossos corações, parairando acima de tudo que é entrave ao nosso crescimento espiritual.

Ela é possível quando, mesmo sofrendo, saímos do mundo estreito da indiferença para socorrer os que sofrem mais ou ainda não têm o conhecimento que possuímos... Aceitamos resignados as leis da vida e prosseguimos confiantes.

A felicidade é possível quando entendemos o valor da prece a nos sustentar nas horas difíceis...

Quando a solidão nos busca em momentos aflitivos e mesmo não tendo um ombro amigo para chorar nossas mágoas conseguimos mudar nosso pensamento e vencer a distância que nos separa do socorro e do apoio de que necessitamos...

Quando encontramos a razão de prosseguir vivendo embora tenhamos o coração dorido pela separação dos que amamos e se distanciam de nós por motivos que não entendemos...

Quando a morte de entes queridos nos faz sofrer e compreendemos a bondade de Deus fazendo sempre o melhor para todos nós...

Quando mesmo perseguidos e injuriados somos capazes de perdoar e compreender a quem nos fere...

Quando somos solidários com a dor do outro e nosso coração se enternece com o sorriso e o olhar de gratidão...

A felicidade é possível, meu irmão, e você poderá senti-la se conseguir perdoar sem impor condições, amar sem exigir amor e compreender o sentido de sua vida que será mais harmoniosa e produtiva se você se dispuser a compreender a razão das dificuldades que ainda persistem e perturbam sua paz.

Sintonia mental

Vivemos em mútua dependência porque estamos interligados na busca da paz e da felicidade...
Influenciamos e somos influenciados pelos que estão na mesma faixa vibratória e comungam os mesmos ideais.
Esta ligação mental nem sempre é positiva, sendo causa de muitos tormentos e insensatez.
Sem que o percebamos, vamos conduzindo nosso pensamento com esta dependência psíquica, alterando nosso humor, nossos bons propósitos e quando nos damos conta já desequilibramos nossa mente e nosso organismo físico.
É tão sutil, às vezes, esta influência que não a detectamos, sendo guiados como autômatos, prejudicando os outros com atitudes discordantes e descabidas.
Precisamos vigiar mais nossos pensamentos e quando notarmos que eles não são habituais ao nosso modo de agir e estão perturbando nossa tranquilidade íntima é hora de buscar na prece a sustentação e o apoio para não cairmos nas malhas da perturbação espiritual. Mesmo passageira ela nos fará sofrer as consequências de nossos atos precipitados.

Esta influência não se processa somente pelas mentes desencarnadas que nos observam, mas poderá proceder de irmãos nossos que ainda estão conosco na Terra, em nosso lar, no ambiente de trabalho e mesmo na comunidade religiosa a que estamos ligados.

Qual seria o meio mais eficaz de não nos deixarmos influenciar negativamente?

Elevando nossa sintonia mental com bons pensamentos, lembrando momentos de equilíbrio, buscando na prece o apoio necessário, enfim, mantendo nosso mundo íntimo livre de quaisquer sentimentos contrários a caridade, ao perdão e ao amor.

Iniciando nosso dia com uma oração, lendo uma página edificante, agradecemos a Deus a dádiva de mais uma oportunidade a cada manhã renovada sempre com a luz da esperança e da fé.

É importante vigiar nosso íntimo, nossos pensamentos, porque são indicadores de nossas intenções, formando ideias que constroem ou destroem, ajudam ou prejudicam os objetivos de nossa existência...

Não deixar que a perturbação do outro ou seu desejo de nos prejudicar interfiram em nosso modo de pensar e de agir, buscando pautar nossa vida dentro das normas traçadas pelos ensinos de Jesus.

Somente assim estaremos em paz, nossos pensamentos estarão em sintonia elevada espargindo e recebendo as energias saudáveis e equilibradas de todas as mentes que comungam conosco no supremo ideal de seguir Jesus.

Momentos de paz

Contempla a Natureza e se deixe envolver com as suaves emanações que ela transmite...

Observe as flores se entreabrindo no caminho, perfumando os que por ele transitam...

Nós também, seguindo pela estrada da vida, devemos espargir pensamentos de paz e abençoar os que nos acompanham ou cruzam conosco neste caminhar...

Nossos gestos, palavras e pensamentos devem conduzir a mensagem da paz e do amor.

Devemos evitar palavras amargas ou ferinas para não magoar aos que encontramos.

Agir com equilíbrio e bom-senso para manter a paz no ambiente em que nos movimentamos.

Seguir as diretrizes propostas por Jesus que nos convida ainda hoje e sempre a amar, a perdoar, a tolerar os que ainda não pensam como nós e agem em desacordo com nossos ideais de beleza e plenitude...

Nossas palavras devem expressar a compreensão e a tolerância, sem o lodo da bajulação e sem a aspereza do verbo que fere.

Suaves e perfumadas como as flores que adornam nosso jardim, nossas palavras devem ser emitidas sob a égide do amor e do perdão.

Que elas tenham a maciez e a suavidade da espuma do mar beijando a areia branca da praia em tarde primaveril.

Que nossos gestos sejam corretos e justos sem perder a ternura da brisa suave que acaricia as flores e os arbustos dos prados verdejantes em ondulações ritmadas e constantes.

Que nossa passagem pela Terra seja louvada por todos os que cruzarem nosso caminho e que ao se lembrarem de nossa vida, pensem na generosidade do mar suavizando a paisagem e equilibrando as energias de todos em permanente movimentação, indicando-nos que agindo com perseverança e coragem seremos fortes e conseguiremos vencer as dificuldades.

Assim, meu amigo, não se deixe desanimar ante os infortúnios e empecilhos do caminho.

Age com equilíbrio e não prejudique a ninguém.

Você sentirá as vibrações de amor e paz invadirem seu mundo íntimo e entenderá que as respostas da vida aos nossos anseios correspondem ao que endereçamos aos outros!...

O valor da humildade

Após a noite escura, o amanhecer surge em todo o seu esplendor matizado de cores que o Sol ilumina, aquecendo a terra e dissipando a névoa que se acomodara no cume da montanha azulada...

O barulho da água de encontro às encostas do lago, o canto dos pássaros, o alarido das crianças no terreiro da fazenda anunciavam um novo dia com esperanças de renovação.

As flores no canteiro circundado pela grama verdinha convidavam-nos à reflexões mais apuradas e nos encaminhamos na direção de uma roseira que balançava sob a aragem suave da manhã...

Na rosa rubra ainda molhada pelo sereno, uma delicada gota de orvalho brilhava como uma estrela engastada sob o raio de sol que a beijava e refletia sua luz a todos os que a contemplavam...

Transportando-me ao reino encantado onde todos os seres falam e expressam seus sentimentos, detive-me a escutar o que a gota de orvalho dizia:

— *Veja minha luminosidade! Como sou bela e fulgurante...*

E exibia com orgulho o brilho ofuscante que não era seu porque refletia apenas a luz do sol. E humilhava a gota parda e lamacenta que jazia a seus pés...

Continuando a maltratar a gota que um dia fora bela e resplandecente, falou:

— *Infeliz, horripilante e suja como você se apresenta, melhor seria secar mais rapidamente para não conservar tamanha sujeira a meus pés. Olhe como sou pura e imaculada! Veja com que orgulho o Sol reflete sua luz sobre mim!*

A gota de lama, humildemente, a tudo ouvia e sofrendo recordava o passado. Ela também fora gota de luz a pousar sobre a relva verde e macia. Tremulava ao sabor da brisa da manhã e se sentia linda e feliz... Chegou também a se orgulhar e julgar eterna aquela luz que irradiava e ostentava para todos. Seu leito macio a protegia e terminou sua glória em breve tempo... Um dia, porém, tombara sob o látego do vento impiedoso rolando pelo chão, perdeu a luz que a tantos encantara e se tornou lamacenta e feia, sem brilho que chamasse a atenção dos transeuntes, insegura e infeliz, temendo ser pisoteada a qualquer momento...

Estas recordações a adormeceram e foi despertada por uma voz trêmula que baixinho lhe dizia:

— *Ajude-me! Levante-me do chão para eu poder voltar a repousar sobre a pétala macia que me acolhia com tanto amor.*

Surpresa, a gota de lama viu a seu lado sua irmã toda suja pela terra do chão molhado e a confortou dizendo:

— *Não se desespere, tranquilize seu coração, você também irá se acostumar com esta nova condição. Contaram-me as outras gotas que já partiram que um dia iremos sair daqui e nos transformar em peças valiosas quando o calor do fogo e mãos generosas trabalharem nosso corpo em modelagens sublimes!*

A gota de luz que vivera tão perturbada pela glória do efêmero perdera todo o orgulho para esperar com humildade que mãos bondosas a tratassem com amor e carinho, mudando, novamente, sua forma grosseira, modelando-a para voltar a ser admirada por todos.

Assim é a vida...

Quantos se deixam enganar pela glória e a fatuidade das coisas transitórias para sofrerem no fogo da expiação e nas lutas redentoras a mudança de seus sentimentos, até que mãos abnegadas os conduzam novamente ao palco da vida, em oportunidades concedidas por Deus para, em novas formas, transformarem suas vidas em sinais luminosos a orientar os que os seguem, ávidos de paz e entendimento.

Estarão conscientes de que todo poder emana de Deus, entendendo que a humildade concede a luz do entendimento maior e a caridade é o caminho da redenção espiritual.

Sublime amor

Estamos mergulhados no amor divino e somente conseguimos ser felizes quando espargimos de nosso eu este sentimento sublime!

Em vão busca o homem nos prazeres do mundo a felicidade...

Fugazes como as nuvens que esvaem no firmamento sob o toque do vento caminhando sem destino, os anseios da alma, quando distanciados do amor, se perdem na voragem do tempo, aniquilados pelo cansaço e pelo tédio.

Muitas vezes perduram na existência humana os lauréis da fama, do poder, do dinheiro embriagando aos que o possuem, para depois quedarem-se em decepções e amarguras nos momentos de insensatez.

Sem o amor em nossas vidas, resta-nos o vazio existencial que nos leva à desesperança... Falta-nos a compreensão do sentido da vida e desconhecemos o objetivo de estarmos aqui e por que sofremos.

Cansados das fugazes sensações físicas e dos desejos materiais, indagamos, amargando duras penas, como superar a crise que se abate sobre nossos espíritos.

Qual o caminho a seguir? Como preencher o vazio existencial?

Sem as noções de espiritualidade, o ser humano fica aniquilado ante o desvario do que vivenciou e o levou a tantas perdas e decepções...

Quando consegue superar suas dificuldades e inicia o aprendizado das verdades espirituais, uma tênue luz acende dentro de si, com o despertar da consciência na busca incessante da verdade e do autoconhecimento.

É um longo caminho de introspecção, de volta às origens, de fazer ressurgir conceitos que foram ensombrados pelos sentidos físicos e pelas conquistas puramente materiais.

O processo de autoconhecimento é o primeiro passo na grande descoberta de um mundo até então desconhecido. Há uma dificuldade natural no início deste caminhar, mas logo superada pela certeza de que seu raciocínio e sua lucidez se ampliam diante da verdade.

Como filho de Deus e herdeiro de seu infinito amor, o ser humano consegue superar as dificuldades inserindo dentro de si as primeiras noções de espiritualidade para depois avançar na busca do aprimoramento moral.

E consegue porque está ínsita em seu íntimo a luz do amor, que ele terá que acender, com a coragem de desbravar este novo mundo que se descortina para ele.

Com este sentimento sublime, conseguimos ser realmente felizes porque nossos passos são orientados para o bem, para o perdão e para a compreensão maior do sentido da vida.

Por sua própria natureza a alma humana tem que buscar Deus que é somente Amor!

E para ser feliz tem que amar todas as criaturas, exercitando gestos de bondade, de solicitude e abnegação, evidenciando que também são amadas por todos que lhe compartilham a existência.

A felicidade de cada um de nós depende da felicidade de todos, nossos irmãos em Humanidade.

Jesus sabiamente nos ensinou o caminho quando recomendou que nos amássemos uns aos outros... Ele nos ama até hoje!

Coragem moral

Amanhece, as brumas da noite que findara cedem lugar à luminosidade que este despertar da Natureza impõe, refazendo a beleza de um novo dia...

O céu de um azul suave e pálido, adornado de nuvens cor-de-rosa, em desenhos graciosos e arabescos que nos enlevam, conduz nosso pensamento ao Criador em agradecimento pela dádiva da vida... Suaves vibrações de paz e amor nos envolvem como orvalhos de luz e bênçãos iluminando este despertar.

Nasce mais um dia neste tempo de luzes e cores, felicitando nossos corações com renovadas esperanças de um mundo de paz e amor.

Estes pensamentos nos levaram a reflexões a respeito do viver e do sofrer, colocando-nos diante da lógica e da racionalidade dos conceitos espíritas que esclarecem nossos espíritos com relação aos infortúnios, as dores e violências que geram sofrimentos intensos nos dias atuais.

Todos sofremos. Somos provados, testados por lutas e obstáculos visando ao nosso crescimento espiritual, estamos, também, em processo de reajuste e reparação de erros passados, expiando diante da Lei Divina a semeadura do ontem que resulta nas dores acerbas do presente.

Infelizmente nem todos os indivíduos estão preparados para suportar com resignação e sem desespero o sofrimento. Cada ser irá reagir ante a dor coerentemente com o seu grau de evolução e de sua visão sobre a existência física. Estes fatores irão influenciar sua capacidade de suportar as dores morais e físicas pelas quais tenha que passar.

Na escolha das provas e resgates no processo reencarnatório, obedecemos ao imperativo da Lei Divina. Quando temos o desejo sincero de reparar nossos erros, escolhemos com discernimento o que de melhor se enquadra em nossa linha de progresso moral. Entretanto, infelizmente, após a reencarnação o véu do esquecimento tolda-nos a visão mais ampla de nosso destino e, não raras vezes, desanimamos e recuamos ante as dores cruciantes que sofremos.

A visão materialista da vida infunde em nossos espíritos a indiferença moral e perdemos longa faixa de tempo na busca dos prazeres materiais, esquecidos dos compromissos assumidos quando nos preparávamos para retornar a Terra.

A Doutrina Espírita nos dá subsídios para sofrer sem desespero, ensejando-nos um raciocínio mais amplo acerca dos sofrimentos, das decepções, dos problemas que dificultam nossa caminhada aqui na Terra.

Existem vários tipos de sofrimentos, e as reações às dores morais ou enfermidades físicas terão variações e diferentes graus de intensidade. Podemos enumerar os mais comuns em nossa vida de relação e os que nos chegam em forma de perdas e dores morais.

Manifestam-se quando:

Vivenciamos a perda de pessoas amadas...

Defrontamo-nos com parentes difíceis e amigos que complicam nossas vidas...

Sofremos doenças irreversíveis na solidão e no abandono...

Mudanças bruscas com prejuízos morais, sociais ou materiais, abalando a estrutura familiar...

Impedimentos físicos ou morais afastando-nos dos que amamos...

Ingratidões e abandono dos que amamos...

Dificuldades e falta de apoio no enfrentamento das crises morais...

Estas situações tão comuns em nossas vidas, muitas vezes desagregam laços de fraternidade, induzem os menos fortes ao abandono das tarefas no bem e os colocam marginalizados, entregues ao desânimo e sem um suporte moral para prosseguir.

Entretanto, quando somos detentores do conhecimento espírita, confiamos no amor infinito de Deus e são reforçados os elos de amor que nos induzem a suportar com serenidade íntima os infortúnios decorrentes de nossa incúria ou insensatez.

Uma das dificuldades maiores que encontramos é o convívio com irmãos aos quais lesamos ou complicamos suas vidas no passado, ocorrendo situações embaraçosas que somente o amor e a compreensão poderão facilitar em nossa vida de relação.

Todo o sofrimento, todas as dores morais são testemunhos que escolhemos para fixar em nosso mundo íntimo os valores espirituais necessários ao nosso progresso e evolução.

Somos testados todos os dias ante os desafios do caminho que exige de nós paciência, renúncia e abnegação.

Nas reencarnações compulsórias não tivemos ensejo de escolher, entretanto, naquelas em que solicitamos as provas necessárias ao nosso progresso moral, nada foge ao imperativo da Lei, existe todo um planejamento espiritual.

Confortados pelo conhecimento das vidas sucessivas e da Justiça Divina, nosso fardo será mais leve e as aflições do caminho não nos colocarão desanimados e amargurados.

Assim, meu querido leitor, quando a dor se abater sobre seu coração, não desanime, confie em Deus e seja paciente. Aguarde a resposta de Deus às suas preces e não permita que a revolta e o inconformismo perturbem seu mundo íntimo.

Sejamos sempre instrumentos do bem, embora as lágrimas vertidas na solidão de nossas horas difíceis.

Olhemos o futuro que nos aguarda...

As vidas se sucedem com novas chances de superar nossas dificuldades.

Assim como o Sol dissipa as brumas da noite e ressurge a cada novo dia, dourando a Natureza que nos cerca, poderemos dissipar as nuvens da incompreensão, do desespero, da amargura, acendendo em nossos corações as luzes da esperança, do amor e da confiança em Deus.

Reflexões ante a dor

Meu irmão! Compreendo sua dor e seu desalento...

Nesta manhã sem a luz do sol a dourar a paisagem que nos envolve, tudo fica mais triste e o nevoeiro encobre prédios e árvores floridas nesta primavera que deveria ressurgir com luzes e cores enfeitando nossos dias...

Parece que a Natureza se entristece com nossos sentimentos de pesar e saudade, mostrando-nos em tons cinzentos e escuros a sombra que recobre nossa alma...

Sei o quanto a dor machuca seu coração, impedindo-o de sorrir, de caminhar em direção à vida que está aguardando por você.

É tão difícil fazer com que os outros nos entendam e respeitem nossos sentimentos... Assim, afastamo-nos para não incomodar com nossos lamentos os que não nos compreendem.

Entretanto, não podemos agir desta maneira.

A solidão aumenta o tormento íntimo e nos impede de sentir em contato com as outras pessoas o calor da solidariedade de que necessitamos para continuar vivendo.

É um trabalho contínuo que teremos de fazer na elaboração de novos sonhos, novas esperanças e, principalmente, de envidar esforços, coragem e fé para seguir em frente.

Desenvolver dentro de você, meu irmão, a capacidade de amar, de aceitar os desígnios de Deus que nos ama e deseja que saiamos fortes desta prova difícil que, certamente, nos dará ensejos de novos voos e novas conquistas espirituais.

Acreditar que você não está sozinho, que outras pessoas também sofrem perdas, desenganos, infortúnios e prosseguem em seus labores, em suas vivências, buscando na fé a força de que necessitam.

Pense que tudo passará um dia. Se outros venceram provas mais acerbas, você também conseguirá sair deste sofrimento mais forte e corajoso.

Chorar liberta-nos da opressão que a dor imprime em nosso íntimo. Lava nossa alma e age como o recurso valioso aliviando nossas tensões e temores.

Deixe que as lágrimas caiam suavemente em seu rosto e agradeça a Deus a dádiva da vida. Ore e suavize seu mundo íntimo com o bálsamo da compreensão e sinta que mãos invisíveis chegam até você para aliviar seu sofrimento e fortalecer sua fé.

Amanhã o Sol voltará a brilhar.

Seus anseios de paz e felicidade se concretizarão e uma nova luz iluminará seu coração indicando um novo tempo, um novo caminho a seguir!...

Não desanime. Confie em Deus!

Gestos de amor

Quando o desalento invadir sua alma e você sentir o peso da descrença dominar sua mente, busque na Natureza o convite da vida a se espraiar em bênçãos de luz e paz para o seu coração.

Dentro de você amargura e trevas ensombram seus sentimentos.

Lá fora o Sol radiante e belo convidando-o à gratidão pela imensurável bondade de Deus com tantas oportunidades para refazer seus planos, restaurar suas forças e concretizar seus sonhos...

O céu que ainda há pouco se escondia sob a bruma da madrugada ressurge azul e límpido — palco de figuras lendárias que as nuvens brancas desenham e fazem bailar ao sabor do vento em direção ao infinito...

Há no dia que amanhece um renascimento contínuo das coisas e dos seres.

As flores se abrem à carícia do sol, reverdecem plantinhas tenras onde ontem eram apenas pedras e calhaus disformes...

Os pássaros em seus ninhos ensaiam o amor e refazem a vida.

No chão molhado palpita a Natureza oculta ainda em germinação aguardando o instante mágico do renascimento.

Assim também, você deve renascer em cada novo dia, acendendo em seu coração a luz da esperança aquecida pelo amor, iluminando cada gesto, cada palavra, cada momento deste despertar...

Deixe fluir de você gestos de amor, de perdão, de compreensão!

Renascer e reflorir a cada instante em que a vida cobra de você o testemunho, o gesto generoso, a acolhida dos que o buscam sedentos de paz!

Não esmorecer nunca ante os obstáculos a este renascimento espiritual e seguir confiante, removendo do caminho as pedras da incompreensão, os espinhos da ingratidão...

Busque junto às benesses da Natureza o lenitivo, deixando se impregnar pelo ar puro desta manhã, pela beleza das árvores e das flores, sentindo a legítima paz dos que confiam em Deus.

Nos momentos de dor e solidão não deixe que a angústia se apodere de seu coração, tenha calma e persevere no bem.

Aos poucos seu mundo íntimo se renovará e novamente você terá a alegria de viver, aprenderá a buscar em seu imo a felicidade e a paz tão almejadas, consciente de que o mundo não as poderá ofertar...

A fortaleza da fé o confortará e mesmo que a dor visite seu coração, você se sentirá seguro e tranquilo porque sabe que tudo passará um dia.

Mesmo que a tempestade amedronte lá fora derrubando árvores e inundando os campos, dentro de você haverá um sol permanente a brilhar, iluminando seu caminho para você seguir em paz rumo a seu destino maior!...

É a luz do amor de Deus dentro de você, restaurando suas forças, sinalizando que Ele ama todos os seus filhos!

Falar com Deus

A oração invocando a ajuda de Deus opera milagres em nosso mundo íntimo.

Poucos conhecem o valor da prece. Muitos ignoram este mecanismo que Deus colocou ao nosso alcance para se comunicar com Ele, seja em momentos cruciais de nossa existência, rogando o amparo e a força para resistir e continuar vivendo, ou em momentos de felicidade quando a gratidão aflora em nosso coração e nos sentimos compelidos a louvar e agradecer as dádivas recebidas.

Você, meu irmão, tem orado? Tem buscado neste recurso tão valioso o suporte necessário para manter sua mente em equilíbrio?

Ou somente tem orado quando se vê às voltas com problemas ou angustiado diante do sofrimento?

Procure fazer da prece um hábito saudável e normal, incorporando-o ao seu cotidiano como valioso recurso que lhe dará o alimento para sua alma e a coragem de seguir com harmonia em sua vida, solucionando sempre com calma e discernimento seus problemas vivenciais.

Jesus nos ensinou a orar, deixando a mais linda prece que traduz todas as necessidades humanas.

Exaltando o Pai celestial em sua infinita capacidade de nos amar e proteger, Jesus conseguiu sintetizar em algumas frases a mais linda rogativa que conforta todos os cristãos e nos eleva a condição de filhos de Deus, podendo invocar sua proteção sempre que necessitarmos.

Assim, meu irmão, procure orar sempre, não esquecendo também de vigiar as nascentes do seu coração para que sua vida seja direcionada pelos ensinamentos de Jesus.

Somente pelo amor e pelo perdão é que conseguiremos elevar nossos sentimentos, educar nossas emoções e pela prece atingir planos mais elevados.

Certamente, amigos e benfeitores espirituais ouvirão nossas rogativas.

É certo também que somente serão atendidas nossas justas reivindicações, aquelas que visem ao nosso progresso moral e desenvolvam nossa capacidade de viver em harmonia com o bem.

Quando orar, procure se afastar para um local onde possa manter sua mente serena e falar com Deus em silêncio, imprimindo em sua rogativa todo o sentimento de fé, confiança e respeito para que ela possa ser ouvida.

Nem sempre somos atendidos, mas sentimos que nosso mundo interior se renova e forças maiores refazem nossa mente, colocando-nos mais compreensivos e capazes de vencer todas as dificuldades da vida.

As respostas de Deus às nossas súplicas nem sempre são entendidas por nós, mas é o melhor que nos pode acontecer, porque acima de quaisquer desejos nossos paira a vontade soberana do Criador e Ele sabe o que melhor nos convém. Mais tarde, você compreenderá porque, às vezes, Ele não nos atende da maneira que gostaríamos...

Mesmo assim continue orando e vigiando para que mal algum lhe aconteça por insensatez ou rebeldia.

A oração é a ponte de ligação de que você dispõe para acionar a proteção espiritual de que precisa para vencer os obstáculos e manter sua mente em harmonia.

Convite à reflexão

Você está triste? Não consegue sair deste desalento que o abate e deixa sem forças para lutar?

Sente no coração a dor da ausência de um ser querido?

Não consegue realizar seus sonhos? Perdeu a vontade de viver?

Procure ouvir dentro de você a voz amiga que o convida à reflexão e a um exame mais minucioso da sua vida...

Analise os últimos acontecimentos e verifique até onde você contribuiu para a situação que o coloca abatido e amargurado...

Pense em todas as probabilidades que ainda não foram realizadas ou nas que você deixou de fazer por negligência ou insensatez.

Pense, também, se o que o faz sofrer é sua culpa ou não cabia a você modificar ou evitar a situação que o martiriza...

Se a razão lhe diz que você é responsável pelo que está acontecendo, veja o que pode fazer, ainda, para amenizar ou sanar o problema. Faça isso, porém, sem se culpar indefinidamente e sem transferir para os outros a tarefa que lhe cabe.

Entretanto se o seu sofrimento não é consequência de nenhuma falha sua ou se é natural em seu processo de melhoria íntima, se faz parte da lei da vida, com seus padecimentos e correções adequados ao seu progresso moral, mesmo assim, não desanime. Busque alternativas para o seu viver.

Se você perdeu alguém que a morte arrebatou ou a vida separou por fatores que não dependiam de você, pense que tudo na vida é transitório. Mudanças naturais irão alterar seus sentimentos com relação a estas ausências — hoje dolorosas, amanhã superadas, pelo tempo e novas experiências.

Se a amargura está ensombrando seu coração a ponto de você desanimar de lutar e buscar motivações para o seu bem-estar, reaja e lute com coragem. Não se deixe vencer pela depressão. Dentro de você existem forças que desconhece aguardando serem acionadas para erguê-lo e colocá-lo em situações mais amenas.

É essencial que você não se deixe enveredar por caminhos escuros sem a luz do entendimento maior que somente a fé e a confiança em Deus nos propiciam.

Nosso mundo interior deve ser alimentado com a riqueza dos bens que a vida nos coloca à disposição e não os percebemos, fechados nos círculos estreitos de nosso egoísmo e da fixação nos valores materiais que limitam nossa visão do que é o verdadeiro sentido da existência.

Somos seres imortais, criados para sermos felizes e conduzir nossa vida em padrões morais que não nos distanciem das Leis Divinas. Se nos afastamos deste caminho, tornamo-nos infelizes e tristes, sem condições de sobrevivência neste mundo de lutas e provações.

Afaste a tristeza de seu coração. Não deixe a melancolia escurecer este dia que lhe convida à paz, ao amor, à realização de tudo o que possa constituir, realmente, a felicidade, e não as ilusões das conquistas efêmeras.

As vitórias externas que buscamos somente nos fazem felizes quando dentro de nós vige a consciência tranquila e a serenidade — bens essenciais para cumprirmos fielmente nossa destinação de filhos de Deus.

Seguir Jesus

O convite foi feito há mais de dois mil anos e ainda não nos decidimos...

Mesmo para os que se dizem seus seguidores, muitos não conseguiram se despojar de todos os impedimentos e aceitar o convite para buscar o Reino de Deus, como se fosse um sonho tão distante que não pudesse concretizá-lo aqui na Terra.

Afinal que reino é esse que tão poucos conhecem ou buscam receosos, sem conseguirem se afastar das conquistas materiais e romper os liames que os prendem à retaguarda, distanciados do que Jesus propõe?

Dizem que esse Reino está dentro de nós e que teremos que construí-lo com nosso esforço em modificar hábitos, preferências e tendências... Outros o consideram como o lugar das bem-aventuranças, que poucos irão usufruir porque não conseguem afastar de seu mundo íntimo o orgulho, a vaidade, o egoísmo... Outros pensam que é uma utopia, uma expressão usada no sentido de falar do paraíso para onde irão todos os que conseguirem praticar o bem e seguir os novos preceitos cristãos.

Será, porém, tão somente isto?

Creio que não.

Não é um lugar geograficamente falando nem um paraíso celeste. Este Reino a que Jesus nos convida está dentro de cada um de nós e iremos edificá-lo com a prática do amor, do perdão incondicional, da renúncia e da abnegação.

É tarefa difícil, certamente, mas todos a poderemos realizar, desde que nos esforcemos e comecemos a nos despojar de tudo o que não é essencial à nossa vida.

Renunciar aos bens, às pessoas, ao que nos impeça de seguir livremente a Jesus, seguindo seus ensinamentos e praticando a caridade e o amor em sua plenitude.

Todos nós podemos seguir Jesus, desde que nos coloquemos com humildade à sua disposição, renunciando a tudo o que cerceie a liberdade integral de exemplificar o que já conhecemos, respeitando as Leis Divinas.

O Reino dos Céus é daqueles que se assemelham a uma criança, livres, sem preconceitos, sem orgulho e predispostos a amar a todos os que cruzarem seu caminho.

Este Reino, como nos ensinou Jesus, é dos pacificadores, dos justos, dos sofredores, dos oprimi,dos, dos simples e dos mansos que herdarão a terra e estarão em paz, felizes e reconfortados pelo imensurável amor de Deus.

Alimentados pela fé e iluminados pelo amor, seguirão confiantes as pegadas de Jesus!

Sempre, no longe dos tempos...

Viajores do tempo

Somos viajores do tempo no comboio da vida e nos dirigimos a lugares diversos...

Além dos destinos que divergem, nossa bagagem é variável e nossas aspirações são individuais e intransferíveis...

Alguns viajam sozinhos com seus cismares e preocupações frente ao que os esperam na chegada inevitável de seu destino. Outros estão tranquilos e confiantes, ansiosos para rever paisagens e amigos que os antecederam na grande viagem... Outros, ainda, entediados pela demora, já esqueceram seus sonhos e os ideais foram aniquilados nos embates da vida e são indiferentes ao que os aguardam. Entretanto, há os que confiam e almejam um desembarque sem tribulações ou impedimentos à liberdade com que sonham no retorno ao lar que um dia deixaram cheios de esperanças com tarefas definidas a cumprir. Estes venceram e têm consciência de que serão felizes na chegada a este mundo infinito que poucos recordam.

A bagagem é inerente às necessidades de cada um e corresponde exatamente ao que construíram e armazenaram.

Algumas bagagens levam a simplicidade dos ideais enobrecedores que ocupam pouco espaço, mas têm valores inestimáveis. Outras pesam e conduzem remorsos, desenganos, perdas materiais que oprimem seus donos por estarem vazias de amor e de outros bens reais. Há aquelas que chegam vazias, sem conteúdos morais e sem esperanças, sem fé no futuro e seus portadores indiferentes e distraídos foram surpreendidos com a chamada para o embarque... não tiveram tempo de organizar os bens morais que os fariam tranquilos e felizes.

Todos nós, habitantes da Terra, aqui trazidos para desempenho de obrigações, tarefas, resgates e orientados pelos que nos propiciaram a vinda, fomos cuidadosamente advertidos da necessidade do cumprimento da programação de vida no suceder das reencarnações. O esquecimento, bênção concedida por Deus para que nos desvencilhássemos dos empecilhos ao progresso moral, fez com que muitos de nós deixássemos de lado as vantagens de seguir as trilhas delineadas para o bom desempenho de nossa existência. Infelizmente muitos se encontram nesta posição quando são chamados de retorno ao mundo espiritual.

E você, querido leitor, como se encontra diante dos deveres e compromissos assumidos?

Sua consciência está serena com relação ao seu proceder, pois indica que as coisas estão dentro das regras estabelecidas quando aqui chegou?

A bondade infinita de Deus nos concede inúmeras oportunidades para reparar nossos erros, construir novas bases para empreendimentos futuros — missões edificantes que nos conduzirão à evolução moral — e nossa conduta será determinada pelas Leis Divinas que estarão inseridas em nossa consciência.

Enquanto caminhamos pelos caminhos da vida terrena, devemos esquecer as mágoas, as ingratidões, os desenganos e buscar nos deveres de cada dia, a oportunidade de vencer os entraves ao nosso progresso moral.

Jesus nos ensinou o caminho que é a vida imperecível como espíritos imortais que somos, dando-nos exemplos de humildade, amor e sabedoria, alimentando nossas esperanças de reabilitação e felicidade possível quando nos liberássemos do mal que ainda nos oprime o coração.

Vencer a nós mesmos para vencer o mundo e provar um dia que somos seres que habitam provisoriamente a Terra, abençoada escola, mas que não pertencemos ao mundo, mantendo nossa liberdade de amar e renunciar ao que nos impede à ascensão espiritual.

Vamos aguardar com fé e confiança a hora de nosso desembarque no comboio da vida?

A fé é nossa bússola no caminho da redenção e o amor, o antídoto do mal, amenizando-nos as agruras da senda, ainda, a percorrer!...

Nossas mãos

Nossas mãos como antenas de luz podem ensejar realizações sublimes, todavia, se as conduzimos para o mal, poderão denegrir a vida impedindo nossa ascensão espiritual.

Se nos detivermos a analisar as dificuldades que criamos para nós mesmos e para os que nos cercam quando usamos nossas mãos sem discernimento, veremos que tudo de mau que nos ocorre foi semeado por nós mesmos.

As mãos podem ser instrumentos do amor, quando sabemos conduzi-las com bondade nos pequenos gestos do dia a dia... Semeamos hoje o nosso futuro que poderá ser abençoado com colheitas generosas.

São atitudes simples, entretanto, de muito valor para os que são beneficiados por mãos generosas e pacificadoras sempre dispostas a ajudar, consolar e orientar...

Assim, são abençoadas nossas mãos:

Quando oferecemos possibilidades de reabilitação a quem erra...

Quando indicamos o rumo para os que estão perdidos ou desorientados...

As vezes que damos o apoio fraterno ao que sofre e necessita chorar em nosso ombro ou apenas sentir o calor de nosso afeto...

Quando sorrimos para os tristes e oprimidos, sinalizando que podem contar com nossa ajuda e compreensão...

Quando, ainda, conseguimos vencer o preconceito e nos aproximamos dos que estão marginalizados e amargam o peso da solidão...

Todas as vezes que perdoamos os que nos fazem chorar ou dificultam nossa caminhada pelos acontecimentos da vida...

Nas situações de risco, quando colocamos nossos valores morais e nossos ideais de enobrecimento, descendo para ajudar os alienados e ingratos que desconhecem o valor da amizade...

Todas as vezes que estendemos nossas mãos para amparar e socorrer os aflitos, os injustiçados, os infelizes, mesmo sabendo que seremos incompreendidos e criticados...

Quando oramos para os que estão sofrendo dores na alma pela perda de entes queridos, pelo distanciamento dos que amam, pelos perseguidores e algozes que teimam em concretizar atos nefandos que nos prejudicam e se iludem com a força temporária, esquecidos de que somente Deus tem o poder de conduzir nossos destinos...

Em todas estas situações poderemos utilizar nossas mãos como instrumentos do bem e da verdade, mas é imprescindível que nosso coração esteja repleto de amor, dulcificando nossos gestos, como mensageiros da paz e da fraternidade.

A dor da separação

Hoje você acordou com nuvens de tristeza ensombrando sua mente...

Nem reparou lá fora no Sol brilhando num convite à vida, nem os tons matizados das nuvens colorindo o céu em sua infinita beleza... Parece que seus olhos teimam em vislumbrar apenas as sombras da melancolia e do desânimo que turvam seus pensamentos.

A saudade retoma lugar em seu coração e lágrimas abundantes escoam em sua face ressequida pela noite insone.

Mesmo sabendo que os elos de amor não se rompem, seu coração ainda sente a dor da separação do ente querido que partiu para outra dimensão da vida...

A saudade, embora suave, persiste e faz morada em seu coração, deixando que a tristeza marque seus dias, impedindo-o de ser plenamente feliz...

Todavia, querido irmão, quem é totalmente feliz neste mundo?

Você sente o látego da dor pungente que o distancia do afeto que era um bem em seu caminho, mas quantos sofrem perdas mais intensas por não terem como você a luz da fé e a compreensão das Leis Divinas?

Quantos se debatem nas trevas da ignorância por não aceitarem os desígnios de Deus, sofrendo perdas materiais, ignorados pelos que antes os respeitavam, amargando a solidão e o desespero?

Quantos ainda iludidos pelo prazer e a ambição desmedida se perdem no cipoal das contendas, no desejo de possuir mais valores que os inebriam, afastando-os do sentido real da existência?

Quantos amargam a solidão, mesmo cercados de luxo e de pessoas que os bajulam sem oferecer o calor da amizade sincera, do amor desinteressado e destroem seus melhores anseios de ventura?

Seriam estas dores maiores? Estariam mais felizes se sentissem em seus corações a esperança, a paz e o amor indicando momentos de real fraternidade?

Estas indagações, prezado amigo, chegam à minha mente como indicadores de que devemos refletir a respeito das reais perdas em nossas vidas.

O afeto que retornou ao mundo espiritual segue sua trajetória de vida na busca do crescimento moral.

Os que se distanciam de nossas vidas buscam novos interesses, já não nos serviriam mais como apoio e incentivo ao nosso bem-estar íntimo e desenvolvimento espiritual.

As outras perdas maiores que muitos ainda sofrem porque não aprenderam a arte do despojamento, da renúncia, do desapego de coisas e pessoas, os fazem debater em lutas inglórias e devastadoras em seu mundo íntimo...

Assim, meu irmão, se a saudade o entristece, ore a Jesus, rogue a bênção da paz para o seu coração. Deixe que as lágrimas que molham sua face suavizem a dor da separação.

Novas oportunidades de trabalho no bem surgirão dando um sentido maior à sua existência, porque o sofrimento tem o poder de nos colocar em parâmetros mais elevados quando não nos deixamos levar pelo desespero.

Somente o amor conduzirá nossos passos no rumo certo da escalada que todos empreendemos para vencer as dificuldades que ainda nos incomodam na vida terrena.

Com a luz do amor e da esperança em nossos corações poderemos caminhar com segurança na direção de nossa destinação feliz como obreiros do Senhor, livres das algemas do ódio, da incompreensão, do egoísmo e da vaidade.

A compaixão

Ser compassivo para consigo mesmo e para com o próximo é a chave da harmonia íntima.

A compaixão é um sentimento nobre que sensibiliza primeiro a quem o sente e depois toca o coração do outro, alterando sentimentos e posições no relacionamento humano.

Somos interdependentes e filhos de Deus, com tarefas e compromissos a realizar no palco da vida. Não existe um ser humano que não necessite da compaixão quando a dor visita sua alma com lutas e adversidades que ensombram seus dias.

Todos os missionários condutores da Humanidade por seus ensinamentos e exemplos sublimes semearam nos corações sentimentos nobres e exortaram seus seguidores ao exercício do amor e da compaixão.

Como, porém, sentir amor se tudo em torno de nós parece desabar pela violência, pela miséria social e atos indignos dos que poderiam melhorar a vida e guiar os indivíduos para o caminho da paz e da felicidade?

Como ser compassivos com os que escurecem nossos horizontes com as decepções, os desagravos e as injustiças?

Parece difícil, entretanto, não é impossível. Podemos exercer a compaixão, mantendo a fé e a confiança em nossa destinação espiritual e compreendendo os objetivos reais de nossa existência.

Nossa morada terrena não é, ainda, o paraíso que todos almejamos.

Há sofrimentos, dores, expiações, desalentos...

Se já compreendemos porque vivemos neste mundo com tantas lutas e infortúnios, que muitas causas do sofrimento procedem do passado culposo quando semeamos a discórdia, a incompreensão, ceifando a esperança em muitos corações, poderemos entender a dor do outro e ajudá-lo caridosamente.

Hoje, temos o compromisso de semear luzes de esperança e de bondade, sendo compassivos e amando incondicionalmente a todos.

Devemos começar por nós mesmos, nos amando e perdoando para que consigamos entender nosso próximo e dedicar a ele o amor e a aceitação de suas faltas.

Os gestos de amor que conseguimos realizar ao longo da vida são sementes do bem que colheremos em dádivas infinitas...

Uma palavra amiga, um sorriso para quem cruza nosso caminho, o perdão espontâneo, o apoio fraterno, o socorro nas horas difíceis são atitudes de quem sabe o valor da amizade sincera e já sente em seu mundo íntimo a grandeza da generosidade.

A compaixão desabrocha em nossos corações como a flor perfumada no campo... Expressão mais simples do amor que acolhe e envolve o próximo em vibrações de paz e compreensão.

Certamente, quando agirmos assim, teremos a alegria de receber de quem caminha conosco o mesmo gesto de que necessitamos para prosseguir.

Somente seremos felizes quando exercitarmos este sentimento que nos conduz à felicidade e equilibra nossa mente com a paz e a alegria de viver!

Ante o sublime

Da varanda do meu quarto, observo os ipês floridos na encosta do morro, circundando as ruas numa simetria de cores que se destacam na paisagem diante de mim... Seguem enfileirados, em aclive, no bairro próximo ao meu apartamento, anunciando a primavera que não tarda a chegar...

Recordo, não sem saudades, os campos e pastos floridos da fazenda que eu contemplava, caminhando na estrada ao longo do lago e certa nostalgia invade meu ser. Penso na transitoriedade da matéria e como são fugidias as posses — o que pensamos ter — ao longo da vida...

Em contrapartida, cada vez mais me convenço de nossa transcendência e das vantagens de nos atermos às conquistas do espírito imortal.

Meses e anos passam céleres e não nos damos conta das mudanças que se operam diante de nós, alterando nossas vidas e dentro de nós, afastando-nos, algumas vezes, de tudo o que buscávamos no passado como essenciais ao nosso bem-estar.

Mudamo-nos intimamente, mudam os valores que damos aos bens que usufruímos, a impermanência da vida nos leva a reflexões mais profundas e vamos priorizando o que é indispensável e afastando de nós as fatuidades do que podemos prescindir, antes tão importantes em nosso viver...

Há uma escala de valores que elegemos quando mudanças radicais afetam nossas vidas e começamos realmente a considerar os bens espirituais em sua legitimidade e permanência.

Observo com admiração e enlevo a Natureza que prossegue em seus ciclos, alternando luzes e sombras, frios e estios prolongados, chuvas e dias ensolarados, ininterruptamente, pródiga em bênçãos, a nos ofertar a beleza das flores, a proteção das árvores, o aroma sutil que o vento traz, suavizando a poluição e a intempérie... Observando sua capacidade de transformação ante o rigor com que o homem a devasta impiedosamente, reacendem-se em nossos corações as esperanças de um mundo melhor.

A cada novo amanhecer o Sol resplandece no horizonte e nos anima a prosseguir, mesmo sofrendo moralmente com o distanciamento dos que amamos.

Para não nos deixar levar pelo desalento, temos que nos apegar aos valores duradouros da vida, enriquecidos pelo conhecimento espírita a nos alertar ante os deveres e compromissos assumidos, evitando que nos percamos nos labirintos da dúvida e da descrença.

"...*Não faças tu comum ao que Deus purificou.*" (*Atos*, 10:15.)

A advertência feita a Simão Pedro tem uma conotação mais ampla que o problema que o afligia naquele momento. Neste trecho evangélico, buscando entender as belezas da Natureza e do espetáculo soberbo da vida que nos rodeia, evitamos nos perder nas futilidades do que é efêmero e se esvai na poeira dos tempos.

Assim aprendemos a:

Desenvolver a sensibilidade diante da Natureza;

Educar nossos sentimentos;
Pensar positivamente ante as lutas do dia a dia;
Estudar com afinco, preparando-nos para a conquista da verdade que nos libertará das algemas da ignorância;
Trabalhar no bem ajudando-nos mutuamente;
Servir sempre, não perdendo nenhuma oportunidade de auxiliar a quem nos procura, de perdoar e amar incondicionalmente, galgando passo a passo a escala evolutiva.

Não foi para nosso deleite e contemplação que Deus nos colocou na Terra com infinitas oportunidades de crescimento, tendo a beleza e a harmonia da Natureza como exemplos, mas para que aprendêssemos, com todos os bens que nos rodeiam e adornam nossos dias, a arte de viver em plenitude, realizando o bem onde estivermos...

Cada dia é uma nova oportunidade de crescimento espiritual.

Trabalhe e lute pelo ideal que norteia seus passos.

Não menosprezes o dom da vida.

Gratidão a Deus

Sentimento da alma enobrecida que reconhece o valor do bem que recebeu em momentos difíceis, suavizando suas dores e indicando novos caminhos...

Vencendo o desalento que constringe e limita a percepção, o homem sensível consegue sublimar seus sentimentos e expressar o reconhecimento diante das benesses recebidas quando atendido em suas necessidades.

Poucos sabem agir com desprendimento e gratidão quando recebem a dádiva do amor e da compreensão humana.

Felizes os que agem com gratidão e reconhecem o valor da amizade quando mãos generosas aliviam seu sofrimento.

O amor e a gratidão caminham juntos.

Todos nós deveríamos rever fatos de nossas vidas e reconhecer a dádiva da amizade sincera e da afeição que nos sustentaram desde os primeiros momentos... Ao recordar as pessoas que nos ajudaram, orando por elas e emitindo vibrações positivas, estaremos exercitando este sentimento tão raro nos corações humanos.

Uma prece de reconhecimento.

Uma palavra de encorajamento.

O apoio fraterno no momento difícil.

O sorriso de consentimento quando o outro nos esclarece.

A dádiva do pão e do agasalho para o desvalido.

O bálsamo do perdão quando ofendido.

Gestos simples que refletem sentimentos de quem é grato a Deus pela existência atual e age com o outro com a mesma generosidade.

Não podemos separar estes dois sentimentos — o amor e a gratidão — porque seremos felizes somente quando começarmos a entender que estamos juntos na Terra para o aprendizado sublime das lições de Jesus.

Não esqueça, meu irmão, das pessoas que facilitaram sua vida, apoiando-o e socorrendo-o nos momentos de solidão e sofrimento.

Estamos interligados pelo amor infinito de Deus para conosco.

A gratidão a Deus nos ensina o exercício do amor e do reconhecimento pela dádiva da vida.

Ao despertar, agradeça a beleza que o envolve, a oportunidade de renovação, o brilho do sol, o encanto das flores que perfumam sua estrada e ore em agradecimento pela riqueza deste novo dia.

Se você não tiver nenhum motivo para ser grato a Deus, o problema está dentro de você. Mude sua atitude perante o mundo.

Porque Deus é amor, luz e vida!

Realização pessoal

Nossas vidas se entrelaçam no ir e vir das reencarnações.

Os agrupamentos humanos sejam sociais ou familiares não são acontecimentos ocasionais, antes, obedecem a uma programação da Lei Divina visando ao nosso progresso moral.

Assim temos famílias homogêneas que vivem num clima de fraternidade e compreensão, ou grupos familiares que se antagonizam em lutas e dissensões.

No meio social somos atraídos por ambientes e pessoas que se alimentam dos mesmos ideais e ambicionam os mesmos valores, tanto materiais como espirituais.

As dificuldades, as lutas, os desafios são propulsores de nosso desenvolvimento, seja na área profissional ou social.

Entretanto, é no grupo familiar que exercitamos as virtudes indispensáveis para agirmos com acerto no núcleo a que estamos inseridos.

Na convivência diária treinamos gestos simples que se repetem e são incorporados em nossa vivência:

Aprendemos a sorrir mesmo nas horas mais amargas...

Educamos nossa mente para as atitudes equilibradas...
Treinamos gentilezas, cortesias e amabilidades...
Sufocamos anseios que poderiam prejudicar aos que amamos...
Toleramos faltas que não suportaríamos de estranhos...
Perdoamos sem impor condições...
Trabalhamos com alegria no coração visando ao bem--estar de todos...
Enfim, somos solidários, amáveis e compreensivos.
Todos estes gestos são motivados pelo amor.
O amor opera milagres e ameniza as dores da alma.
Seu poder é profundo e nos integra no amor de Deus. É capaz de realizar obras impossíveis quando somos guiados pela sua vibração divina.
Altera a significação da vida porque quando damos amor ele retorna para nós em bênçãos de paz e felicidade.
Nossa realização pessoal está interligada a estes pequenos gestos de amor que semeamos em nosso caminho.
Na vida de relação na sociedade em que nos situamos, estaremos sempre refletindo o que somos e vivenciamos dentro do lar.
Teremos sempre que amar a nós mesmos, depois ao nosso próximo. Nesta sequência iremos encontrar as melhores soluções para realizar nossos sonhos e concretizar nossos ideais de crescimento espiritual.

Diante da morte

Não é fácil lidar com a morte.

Desde a infância ouvimos falar da morte sempre envolta em mistérios e superstições.

A mente infantil recebe informações que são gravadas indelevelmente e perduram ao longo da vida com suposições infundadas acerca do morrer e quando adultos temem falar no assunto como se fosse remota a possibilidade desta ocorrência.

Todavia, todos nós teremos que enfrentar a morte e, se não nos prepararmos para a perda inevitável, sofreremos com maior intensidade diante da separação de um ente querido.

A dor perturba nossa mente, o sofrimento avassalador que se sente quando se estreita nos braços um filho sem vida, um companheiro de muitos anos ou um amigo é indescritível.

Quando sofremos a dor da separação diante da desencarnação de alguém que amamos, começamos a entender melhor a dor de nosso próximo.

A morte, antes envolta em mistério e quase desconhecida, fica mais próxima de nossa vida e passamos a nos preocupar com os seres amados que partiram...

Desejamos saber onde se encontram e como estão se sentindo... Será que sofrem como nós? Estão nos vendo? É real este mundo que desconhecíamos e agora faz parte de nossas cogitações mais frequentes?

Estas indagações, embora tardias, levam-nos a reflexões profundas a respeito da morte e do morrer... Finalmente entendemos que um dia vivenciaremos esta transição inevitável — transpor o portal da imortalidade.

Como espiritualistas entendemos a morte como a perda do corpo físico e acreditamos na sobrevivência do espírito. Entretanto, mesmo para os que creem na continuidade da vida, as interpretações são diversas.

Cada religião descreve este mundo espiritual com características diferentes, indo do céu das bem-aventuranças ao inferno das penas eternas...

Todavia o Espiritismo aclara a questão, informando a realidade espiritual com lógica e nos convencendo de que o céu tão apregoado ou o inferno cruel não são lugares definidos, estão ínsitos em nossa consciência e a passagem desta para a outra vida será calma ou agitada, com perturbação prolongada ou mais amena em função dos atos praticados aqui na Terra.

A morte não opera milagres, transformando os seres em anjos ou demônios.

Chegaremos ao mundo espiritual, tão somente com as virtudes ou os vícios morais, o bem que realizamos ou o mal que cultivamos dentro de nós.

Então compreenderemos melhor que o céu, proclamado por muitos, é a paz da consciência... E o inferno não é um lugar definido para aqueles que, descuidados, semearam dores e espinhos no caminho de seus semelhantes, e sim os tormentos, as dores da alma, as angústias do remorso, da culpa e do ressentimento.

Meu irmão, enquanto você caminha na Terra, deve pensar na morte como a libertação espiritual, todavia, desde agora prepara com cuidado sua bagagem de valores morais para esta viagem inevitável.

    Confiando em Deus que o criou para ser feliz, procure semear flores de bondade em seu caminho e, certamente, chegará ao mundo espiritual com mais serenidade e a certeza do reencontro com os que já partiram!

Alegria de viver

Você já observou como interagimos com a Natureza?

Nos dias de sol quando o céu azul nos convida a sair de dentro de nós mesmos e buscar na vida lá fora os amigos, as oportunidades dos reencontros ou simplesmente a caminhar, sentimo-nos mais animados, mais felizes.

Nos dias sombrios, quando o Sol não aparece, o amanhecer é tristonho, a chuva cai de mansinho molhando as ruas e as casas, derramando nos telhados e árvores gotas de água em ritmo contínuo, levando-nos a um estado de desânimo ante as obrigações que aguardam por nós.

Quando faz frio ou chove, sem o calor do sol ou a beleza colorida da paisagem que nossos olhos contemplam, temos vontade de ficar em casa, reclusos e sozinhos com nossos pensamentos, acomodados em nossos hábitos comuns.

É natural que nos deixemos impressionar pelo tempo, pela influência que a Natureza exerce sobre nosso psiquismo, entretanto, não poderemos perder a motivação para prosseguir e cumprir nossos deveres, nos retraindo e desistindo de viver intensamente cada dia de nossa existência.

Há beleza exuberante nos dias de sol... Há poesia e quietude nos dias frios e nublados, quando nos sentimos mais saudosos ou tristes embalados pelas lembranças de outros tempos...

Gosto de caminhar nos dias de chuva. Sinto a carícia das gotas que caem sobre meu rosto e o cheiro de folhas molhadas, recordando a infância despreocupada quando fugíamos para andar na chuva, pisando no barro macio das ruas sem calçamento e sentindo a Natureza mais perto de mim... Hoje já não posso sair descalça pelas ruas de minha cidade nem existem ruas sem calçamento no bairro onde moro, mas tudo o que fazemos em contato com a Natureza nos faz mais humanos e felizes.

Entretanto, gostamos mais dos dias ensolarados, das manhãs primaveris e das tardes quentes de verão quando convivemos mais com os amigos no período de festas e confraternizações do final do ano.

Contudo, o mais importante é não condicionar nossa vida de relação às condições do tempo — tão variável hoje em dia —, mas alegrar nosso coração pela dádiva da vida e de podermos sentir as belezas de cada alvorecer, das tardes que se alongam no verão e das noites estreladas que nos convidam ao sonho, ao aconchego, a buscar no próximo que caminha conosco a maior motivação para viver em harmonia.

Meu irmão, procure na renovação de cada dia a alegria de viver integrado na Natureza que o acolhe e o abençoa com lições de perseverança e humildade, numa mutação constante.

Em seus exemplos de força e continuidade, você elegerá o melhor caminho para ser feliz!

Saúde integral

Consoante o pensamento atual a respeito da saúde física, compreendemos que o equilíbrio orgânico é muito mais que a simples ausência da enfermidade. A saúde se expressa de forma integral, na harmonia de três fatores essenciais: equilíbrio físico, mental ou psicológico e satisfação econômica.

As alterações de qualquer um destes três fatores desencadeiam conflitos, desequilíbrios orgânicos que dão origem a enfermidades de variadas etiologias.

Vivendo numa sociedade geradora de ansiedades e insatisfações pelo excesso de competitividade, valorização excessiva dos bens transitórios e do corpo material, caímos no desequilíbrio mental que leva a área física a sofrer doenças variadas.

Concordam os estudiosos do comportamento humano, psicólogos e psiquiatras, que não há fronteiras nítidas entre a saúde mental e os estados mórbidos, por ser muito tênue a linha divisória entre a insanidade e a normalidade. Para muitas pessoas sentir-se desesperado ou infeliz é motivação para desequilibrar todo o organismo físico. Sofrem demasiadamente e não conseguem digerir qualquer contrariedade ou dissabor, mesmo os mais comezinhos, e padecem fisicamente ao ponto de contrair doenças. Outros resistem com maior equilíbrio às dificuldades e aos obstáculos da vida, evitando que a enfermidade se transforme em sintomas de maior gravidade.

Como espíritas estamos familiarizados com as denominações das enfermidades da alma, causadoras de males físicos, porquanto entendemos que as doenças procedem do espírito. No perispírito estão gravadas as matrizes dos males que iremos regenerar ou restaurar com dores e sofrimentos por meio da reencarnação. No entanto, nem todas as doenças atuais têm origem no pretérito culposo, muitas são consequências de imprudências e descaso da vida atual.

As enfermidades da alma, refletidas no corpo físico são as mais fáceis de serem sanadas, retornando o espírito ao mundo espiritual em condições mais equilibradas para retomar seu crescimento. As enfermidades morais ou da alma, refletidas no comportamento humano desequilibrado e insano, expressando transtornos mentais graves, são geradoras de crimes, atos de suma perversidade que trazem desequilíbrio para o meio social. Estas enfermidades fomentadoras de sofrimentos e dores morais para todos os que sofrem suas agressões serão radicadas somente quando o espírito portador destas mazelas se dispuser a mudar sua vida, transformando a maldade em bondade, o desespero em esperança e o ódio em amor.

Todos nós como filhos de Deus despertaremos um dia para a vida real e buscaremos a estrada do bem.

Como seres gregários, fomos criados para viver em sociedade. Este pensamento nos conduz a entender que a saúde integral resulta da harmonia do corpo e da mente, de nossa capacidade de viver de forma produtiva nesta sociedade, desenvolvendo nossas potencialidades como espíritos imortais e mantendo um relacionamento saudável com nosso próximo.

Assim, a autoconfiança, o trabalho produtivo e a nossa capacidade de superar dificuldades propiciarão um equilíbrio mental e físico mais significativo e um relacionamento mais harmônico no meio social e familiar.

As enfermidades no corpo físico serão sanadas apenas momentaneamente se não as erradicarmos da mente por meio das conquistas espirituais, renovando atitudes, saneando nossos pensamentos, buscando o entusiasmo de viver, agradecidos pelo dom da vida, eliminando os vícios morais e buscando a transformação constante em nossa caminhada evolutiva.

Buscar um relacionamento saudável no meio em que vivemos é fator básico da saúde mental. Este objetivo requer de todos nós uma vivência cristã, buscando no amor e no respeito ao nosso próximo os meios eficazes para sanar de nosso mundo íntimo as tendências doentias que afloram quando somos contrariados ou testados nas lutas de cada dia.

Remédio eficaz para nossos males é a luz que emana do Evangelho de Jesus, antídoto do egoísmo e do orgulho — fomentadores dos males que persistem em nosso mundo íntimo.

Ainda estamos distantes de uma saúde perfeita e integral, mas já conhecemos o caminho e isto aumenta nossa responsabilidade ante as leis da vida.

A conquista da paz

Não procure a paz que tanto almeja fora de seu mundo íntimo!

Em vão você a buscará nos prazeres do mundo, nas conquistas ilusórias que se esvaem como folhas secas tocadas pelo vento no outono da vida...

As vitórias fugazes, que não preenchem o vazio existencial após duras pelejas na busca de valores materiais, constituem motivos de sérios comprometimentos após nosso regresso ao mundo espiritual.

Quantos anos de lutas, quantas noites perdidas ante as preocupações nesta busca incessante do poder, da glória e das facilidades materiais!

Quantas energias dispensadas aniquilando ideais enobrecedores, desgastando o veículo da vida — nosso corpo que nos enseja o progresso moral quando retornamos às lutas terrenas!...

Entretanto, perdemos tempo e sofremos inquietações ante as lutas que se desdobram continuamente de forma progressiva a nos cobrar sempre o melhor coerente apenas com a análise material de nosso trabalho.

Se nos detivermos a ponderar quanto à transitoriedade da vida física, em como são passageiros os momentos existenciais, poderemos refletir de forma mais adequada com relação à nossa existência, priorizando os valores espirituais e dando novo enfoque às lutas desenvolvidas na busca das vitórias e do bem-estar físico.

Vivendo no mundo, teremos forçosamente de cuidar do corpo e dos deveres inerentes à profissão, à família e desenvolver os talentos que Deus nos confiou, mas não poderemos subestimar o Espírito imortal.

No equilíbrio de nossas ações aqui na Terra encontraremos com bom senso e discernimento o real sentido da vida.

Estaremos assim no caminho certo, cientes dos objetivos de nossa destinação como espíritos imortais detentores de qualidades e vícios a serem trabalhados na linha da ascensão moral.

Somente teremos paz e serenidade íntima quando realizarmos o bem e cumprirmos nossos deveres sempre agindo com os outros com justiça e bondade, trocando energias saudáveis e benéficas.

Como filhos de Deus estamos imersos no amor universal que equilibra a vida de relação com o próximo, com a Natureza e com o Pai em toda a sua plenitude e grandeza imensurável!

Por que sofremos

Quando somos visitados pelo sofrimento, várias interrogações surgem em nossa mente.

Buscamos entender as causas de nossos infortúnios nem sempre com sucesso.

Sem compreender as motivações que nos levam a sofrer neste mundo, ficamos desesperados e inconformados, não aceitando com serenidade íntima as dores morais, as perdas, e muitas vezes revoltados clamamos contra tudo, com palavras insensatas, culpando terceiros e até mesmo Deus pelas ocorrências desagradáveis em nossa vida.

Blasfemamos, questionamos a Justiça Divina quando nossas lutas e atividades profissionais não saem como desejávamos...

Culpamos nossos parentes e amigos pela solidão que ronda nossos passos...

Transferimos para terceiros a razão de nossa desdita moral...

Acusamos as autoridades e os responsáveis pela economia do país pela bancarrota em nossos negócios...

Amarguramos nossa vida e a de nossos familiares quando as dores morais se abatem sobre nossos espíritos...

Revoltamo-nos contra os desígnios de Deus quando vemos partir um ente querido levado pela morte ou pelo rompimento dos laços familiares...

Maldizemos a vida quando somos injustiçados e vemos ruir por terra nossos sonhos e nossos projetos...

Enfim, todas as vezes que o sofrimento chega arrebatando-nos da vida tranquila que antes desfrutávamos, tentamos transferir para os outros a responsabilidade, como se isto pudesse amenizar nossa dor.

Entretanto, se aceitarmos com resignação os desafios que a vida nos impõe, lutando por dias melhores, buscando a causa do sofrimento em nossas ações anteriores, sem nos colocar como vítimas, e sim assumindo nossa condição de espíritos falíveis, estaremos caminhando na direção certa e, possivelmente, lograremos debelar a crise moral, financeira ou familiar com maior facilidade.

Um dos recursos mais eficientes quando a dor visita nossa alma é a oração.

Quando oramos, apaziguamos nosso mundo íntimo e nos colocamos humildemente na condição de filhos de Deus. Começamos, então, a compreender as razões de nossas desditas. Deus certamente ouvirá nossas preces e as respostas chegarão na medida exata de nossas necessidades reais.

Mesmo que nossos problemas não sejam solucionados prontamente como gostaríamos, estaremos mais receptivos às orientações, às intuições que chegarão de alguma forma até nós, aclarando nosso raciocínio.

Ante as dores morais que dilaceram nosso mundo íntimo, pela ausência física dos que partiram, diante da perda dos bens e valores que antes eram imprescindíveis ao nosso viver, encontraremos, na paz e na confiança em Deus, os alicerces em que edificaremos nossa vida a partir desta renovação que nos é imposta pelos momentos graves como fatores de elevação moral e educação de nossos sentimentos.

Sairemos mais fortes destes desafios e enfrentaremos as lutas redentoras com humildade e discernimento, entendendo que somos os construtores de nossos destinos.

Laços de família

Estaria o instituto da família em decadência?
As crises sem precedentes, com reflexos profundos na sociedade e particularmente na estrutura familiar, marcam o rompimento dos laços de família?
Analisando estas questões, na visão espírita, cheguei a conclusão de que a família jamais deixará de ser a base da sociedade, mesmo que sofra modificações e adaptações aos avanços sociais. Mesmo assim deverá ser norteada por regras morais que serão inerentes a cada grupo familiar e à cultura de cada povo.
Se buscarmos na história das civilizações a evolução da sociedade e da família, iremos encontrar a decadência dos conceitos rígidos e hipócritas que norteavam o relacionamento no grupo familiar, com pais ditadores, mães e filhas tratadas como objetos, filhos relegados a um plano inferior, dando lugar ao respeito mútuo, à liberdade e à responsabilidade de todos ante os deveres do lar, surgindo uma nova ética, mais bem estruturada nos valores morais que todos os seres vão adquirindo pelo progresso espiritual.

Ainda existem, infelizmente, culturas que estão arraigadas em costumes inadequados aos tempos modernos, mas mesmo estas estão sofrendo abalos em suas bases, pela informatização e meios de comunicação cada vez mais amplos.

A constituição do núcleo familiar está ligada ao processo de crescimento moral do ser humano. Assim como os liames sociais induzem ao progresso, os laços de família respondem pela base da sociedade, funcionando como uma estrutura que dá respaldo as leis sociais. Por ser a lei de progresso uma lei natural, acreditamos que a família vencerá a crise moral que se abate sobre os costumes e comportamento do ser humano, saindo mais forte e bem estruturada, com definições mais amplas dos direitos e deveres de cada membro do grupo familiar.

Modernamente a sociologia da família e a psicologia social enfatizam a importância do lar na organização social, bem como na formação moral dos indivíduos. Consideram a família como a célula básica da sociedade.

Estamos vivendo um período de grandes avanços científicos e tecnológicos. Infelizmente o progresso moral não está acompanhando o crescimento intelectual. Os sentimentos nobres não conseguiram, ainda, sobrepor ao avanço do egoísmo e da ambição com que muitos agem em suas conquistas.

Analisando as civilizações do passado, que também tiveram um grande avanço material, mas que fracassaram espiritualmente, compreenderemos que o comportamento dos homens, que sobreviverem aos desmandos e às crises atuais, serão alterados por novos códigos morais, mais adequados à modernidade.

A família, portanto, não está em decadência, graças a Deus. O que está sendo mudado é o conceito de família, abolindo os velhos padrões impostos, para dar lugar a uma convivência familiar em que o amor e a compreensão estão tornando as estruturas mais sólidas e verdadeiras, capazes de enfrentar as crises sociais do mundo atual.

É no lar, alicerçado no amor, que iremos encontrar a primeira escola de nossas almas, facilitando nossa atuação no mundo a que fomos chamados para evoluir, resgatar velhos débitos e treinar o relacionamento em sua primeira fase, para depois ampliar nossa convivência nos diversos setores de trabalho, de estudo e preparação profissional, usando nosso tempo na construção de um mundo melhor.

Vamos compreendendo, à luz da Doutrina Espírita, que o lar é nosso primeiro estágio neste aprendizado sublime que é a vida de relação, propiciando-nos meios para enfrentar as lutas e as responsabilidades com que iremos enriquecer nossos espíritos nos momentos de testemunho e na busca crescente do conhecimento e da paz que tanto almejamos.

Embora alguns indivíduos acreditem que a família está destinada a desaparecer um dia e que os valores morais estão cada vez mais decadentes, uma visão mais realista e humana nos leva a acreditar que jamais seremos relegados ao abandono, vitimados pelo egoísmo e pela volta à barbárie, já que o Bem será sempre o vencedor na luta contra a licenciosidade e à degradação moral.

Mesmo analisando a evolução social, encontramos o respaldo necessário a acreditar que nosso progresso está alicerçado em bases morais sólidas e indestrutíveis.

É uma visão otimista com respaldo na lei do progresso e da evolução humana que o Espiritismo nos ensina fortalecendo a nossa fé e a confiança na destinação de nosso planeta.

Conflitos familiares

A família é a base da sociedade.
Há uma interligação entre ambas que estabelece a harmonia ou a desestruturação familiar ou social.
Nos grupos familiares são refletidas as crises sociais e todos os componentes da família sofrem diante das mudanças e comportamentos inadequados que alteram a paz e o bem-estar de todos.
Muitos familiares diante das dificuldades que atingem seus grupos ficam mais unidos e irmanados pelos laços do amor e procuram amenizar as dores que os atingem.
Entretanto, os conflitos familiares que independem dos problemas sociais ou econômicos são de difícil solução quando remanescem de vidas passadas e assomam com características mais graves de rejeição ou rebeldia diante de pais ou irmãos consanguíneos.
Dentro da família, entre irmãos que receberam o mesmo carinho e a mesma educação dos pais, dando-lhes toda a assistência necessária ao seu desenvolvimento intelectual e moral, assistimos reações diferentes com relação ao tratamento dispensado aos familiares.

Muitas agressões, dissensões e animosidades resultam de outras vidas e crescem na vida adulta quando os componentes do núcleo familiar estão livres para discordar, apresentar atitudes de rebeldia e alterar as regras com que foram orientados na infância e na juventude.

Com raras exceções os pais procuram dar aos filhos todo o amor e conforto possível. Mesmo os mais prepotentes agem desejando ajudar na orientação que acreditam ser a melhor para os filhos.

Um dos graves problemas no relacionamento de pais e filhos é a ingratidão. Somos alertados sempre para as consequências danosas desta conduta negativa que é proveniente do egoísmo e do orgulho.

Não nos referimos, apenas, na ingratidão dos filhos para com os pais. Pode ocorrer o inverso, principalmente, quando os pais dependem dos filhos e agem com impaciência e incompreensão diante das atenções e carinho que recebem na idade mais avançada.

Infelizmente, existem filhos ingratos que não reconhecem todos os recursos que seus pais empregaram para que fossem felizes e tivessem educação, conforto material, orientação religiosa e outros bens que enriquecem a vida e dão segurança.

Contudo a maior riqueza que os pais poderão deixar para sempre gravada nos corações de seus filhos é a que provém dos exemplos sadios e honestos com que realizaram seus deveres para com a família e a sociedade.

Gratidão — sentimento nobre de almas sensíveis e caridosas!

Como são raras as pessoas que cultivam em seus corações esta virtude!

Saibamos ser gratos a todos os que passaram em nosso caminho e deixaram marcas de amor, fraternidade e exemplos dignos. Agindo assim, estaremos compreendendo, realmente, o valor da bondade e da compreensão.

Alicerce de amor

As luzes do Espiritismo e o trabalho no campo da mediunidade foram cimentando em meu espírito a coragem, a fé, o desejo de vencer minhas imperfeições e ampliando minha compreensão acerca da função educativa da dor.

A família sempre foi o foco de minhas atenções e cuidados.

Os filhos, a motivação maior de minha vida, até que se tornaram adultos e foram, aos poucos, não precisando mais de tanto empenho de minha parte para atender a seus desejos e necessidades...

O lar constituía a base, a estrutura segura, onde eu buscava o conforto, o amor, nutrindo minha alma das energias positivas para prosseguir.

O trabalho profissional era o dever; a Casa Espírita, o sustentáculo que me orientava e dava forças para viver; e meu lar, o oásis onde eu buscava o repouso e as alegrias sadias na convivência com os familiares queridos...

Foi, justamente, no lar que adquiri forças e testemunhei o valor da prece, do conhecimento espírita, da fé e pude permanecer fiel aos compromissos assumidos na organização da família.

No lar tive oportunidades de crescer, de aprender a amar, a perdoar incondicionalmente... No ambiente familiar vamos adquirindo os valores reais do espírito, educando os sentimentos para no futuro desenvolver outras atividades. Muito distante ainda o patamar ideal na concretização deste processo porque estamos, aos poucos, melhorando intimamente, tentando limar as arestas e minimizar as imperfeições morais.

Os benfeitores espirituais nos alertam da importância da família no contexto social, alicerçando todas as iniciativas da vida humana, seja no aspecto moral ou profissional, como estrutura das realizações humanas.

Somente no lar — alicerce de amor — encontraremos as motivações reais para prosseguir nas lutas da vida, acendendo em nossos corações as luzes da fé e da fraternidade real.

Aprendemos nos recônditos do lar a exercer a paciência, o amor, o perdão, a humildade e a renúncia. Encontramo-nos neste labor diário, frente a frente com os familiares, alguns mais solícitos e com afinidades espirituais que se acentuam nas lutas... Outros com dificuldades de relacionamento, oriundas de vidas passadas em que os prejudicamos ou descuidamos de sua educação moral, impondo nossa vontade ou os desequilibrando com exemplos menos dignos.

Na convivência mais permanente vamos sedimentando energias equilibradas do amor e do devotamento como pais e educadores. Aprendemos a perdoar as fraquezas e dificuldades do grupo familiar, buscando, na aceitação tranquila dos acontecimentos, a serenidade íntima para compreender melhor e ajudar com discernimento a todos os que caminham a nosso lado.

O lar é o abençoado reduto doméstico convertido em santuário de nossas almas na busca do aprendizado moral, do alimento físico e espiritual para vencer as dificuldades do mundo tão conturbado nos dias atuais.

"...aprendam primeiro a exercer piedade com a sua própria família e a recompensar seus pais; porque isto é bom e agradável diante de Deus." (*I Timóteo*, 5:4.)

Nesta advertência de Paulo encontramos o sentido real da caridade com que devemos tratar os que moram conosco sob o mesmo teto, não os subjugando aos nossos caprichos ou interesses, e sim ajudando-nos mutuamente a vencer as dificuldades que surgem no enfrentamento das lutas e deveres de cada dia.

Assim, querido leitor, procure fazer do reduto doméstico seu campo de trabalho e sua maior oportunidade de redenção espiritual, vigiando, orando e servindo sempre com amor e abnegação.

No aprendizado diário, exercitando o amor e a abnegação aos que estão mais próximos de nós, estaremos mais aptos a vencer as dificuldades do mundo.

As lutas e as dores chegarão, certamente, mas você conseguirá sobrepor-se a todas elas, sentindo-se forte e abençoado pela serenidade íntima e a inigualável paz de consciência, fruto do dever cumprido fielmente, sob a proteção de Deus.

Faça do lar seu recanto de paz onde o amor e a fraternidade estejam presentes, fortalecendo os laços familiares e educando os sentimentos neste aprendizado sublime que é a vida quando a sabemos viver com equilíbrio e discernimento.

Reúna semanalmente seus entes queridos para orar e estudar o Evangelho de Jesus, higienizando o ambiente de seu lar, atraindo para ele a assistência espiritual elevada e propiciando a todos que ali se uniram pelo amor ou mesmo pela provação oportunidades de fortalecer a fé e dilatar a compreensão a respeito dos desafios do caminho.

Seja generoso

Observe a Natureza que o envolve em bênçãos e dádivas... Aprenda com seu exemplo a generosidade e a perseverança.

Aja com bondade e persevere no bem.

Seus gestos solidários irão refletir o que se passa em seu mundo íntimo e o quanto você é grato a todas as benesses que tem recebido da vida sem que tenha a necessidade de retribuir tantas riquezas.

O Sol que o aquece, a brisa que acaricia seu rosto ao amanhecer, a água que higieniza seu corpo e sacia sua sede, as flores que perfumam seu caminho, o solo que o nutre produzindo alimentos e o sono reparador que acalma e repõe suas energias...

Tudo isto você recebe da vida e muito mais sem que faça qualquer esforço.

Seu organismo físico trabalha incessantemente para manter a vida e você respira, caminha, fala, ouve e realiza todas as funções vitais de forma constante e ritmada, sendo solicitado de você, apenas, o equilíbrio no uso de todos os órgãos e aparelhos que estão trabalhando para mantê-lo saudável.

Assim, procure ser generoso para com a vida e para com o próximo.

Inicie este exercício de bondade para com aqueles que caminham a seu lado, no lar, no trabalho, na comunidade religiosa que o sustenta fraternalmente.

Não se preocupe se eles serão gratos e reconhecerão seu esforço no bem comum. O importante é você se sentir em paz no cumprimento do dever.

A generosidade é semelhante a flores que espargem perfume pelos que as tocam ou as conduzem para enfeitar a vida de um amigo, de um afeto que sinaliza o amor que sentimos. Quando ofertamos rosas, ficam em nossas mãos o perfume e em nossa mente a lembrança do gesto carinhoso.

Na vida diária podemos ser generosos sem que isto nos leve a sacrifícios ou nos cause trabalho. Basta seguir o impulso do coração e extravasar os melhores sentimentos que existem dentro de nós.

Um sorriso de compreensão.

Um abraço carinhoso.

Uma palavra de estímulo.

Um esclarecimento diante da incompreensão.

O apoio fraterno na hora da dificuldade.

A ajuda financeira quando alguém aflito nos procura.

O pensamento de bondade para quem não nos compreende.

O gesto de perdão ante a crítica destrutiva.

A solidariedade ante o irmão que sofre a dor da separação...

Enfim, são gestos espontâneos de generosidade que se expressam na direção do outro, espargindo sobre ele as luzes da esperança e confortando o seu coração!

Sejamos generosos com os que sofrem.

Amanhã poderemos ser nós os necessitados de ajuda e compreensão!

Confiança em Deus

As mudanças ocorrem em nossas vidas tão rapidamente que não nos damos conta de tudo o que desejaríamos realizar... Perdemos longo tempo em lamentações e dúvidas com relação ao nosso futuro.

O tempo em nossa dimensão de vida não deve ser medido simplesmente pelas horas transcorridas, e sim pelo que realizamos.

Como nos comportamos nos momentos de dificuldades?
Perdemos tempo com reclamações?
Como pautamos nossas vivências?
Deixando-nos levar apenas pelos interesses materiais?

Se agirmos assim, o coração resseca como o solo castigado pelo Sol, sem a irrigação benéfica da chuva e sem os cuidados naturais para que produza e possa reverdecer.

Se tivermos fé em nossos corações, teremos mais serenidade íntima. Seu poder suaviza as agruras das lutas, dos sofrimentos e nos possibilita a esperança que renasce como a vegetação após o estio prolongado, iluminando nosso viver.

Temos que seguir movidos pela fé, pela crença em Deus e alimentar nossos espíritos com o conhecimento real do sentido da vida. Sabemos que estamos em processo de desenvolvimento intelectual e moral... A busca da perfeição, embora distante, nos impulsiona ao progresso espiritual.

Temos necessidade de crer em algo superior a nós, cujo poder sentimos na observação da Natureza, nas criações do Espírito imortal, na beleza e grandiosidade de tudo o que nos cerca... A comprovação da existência de Deus que é a causa suprema de estarmos aqui, vivendo e usufruindo de tudo o que existe, dá a todos nós a serenidade íntima necessária para enfrentarmos os desafios existenciais.

As religiões enaltecem o poder da fé, ela suaviza nossa alma ante as tribulações do caminho.

A fé acalma e nos leva a ser mais pacientes, aguardando as respostas da vida, sem precipitação. Confiamos em Deus, e isto nos conforta e nos disciplina a mente.

É difícil suportar as dores da alma sem que tenhamos fé em Deus, em sua justiça e que um dia tudo passará. Entendendo a vida e sustentados pela fé, teremos muito mais chance de acertar e prosseguir em busca da felicidade almejada.

Santo Agostinho afirma que "ter fé é acreditar naquilo que você não vê; a recompensa por esta fé é ver aquilo em que você acredita."

Se acreditarmos em nossas possibilidades, em nossa destinação espiritual, em nosso próximo, teremos oportunidade de crescer com maior segurança e discernimento, respeitando a *Lei Natural* e, portanto, conquistando o direito à paz e à felicidade...

O poder da fé

Testemunhamos nossa fé nos momentos graves quando o sofrimento assola nossa alma. Se nos mantivermos serenos intimamente, apoiados na confiança em Deus, certamente suportaremos melhor o sofrimento.

Quando tudo parece desabar e não encontramos razões para explicar por que sofremos, se tivermos fé conseguiremos o apoio necessário para vencer a crise e com serenidade íntima encontrar as soluções adequadas.

Um coração confiante alimentado pela fé é como o Sol aquecendo a vida, derramando bênçãos e espargindo luzes!

Busque um lugar tranquilo para orar. Medite simplesmente esvaziando sua mente de todas as preocupações... Sinta a vibração da Natureza o envolvendo e suavizando seu mundo íntimo... Respire pausadamente e aguarde... Aos poucos a claridade da fé que alimenta seu espírito irá iluminar seus pensamentos e você encontrará o caminho e a solução que busca, podendo retornar ao mundo real com mais coragem e confiança, prosseguindo seus labores e enfrentando suas lutas!

A fé age em nossos espíritos como o alimento essencial ao equilíbrio mental e nosso corpo recebe o influxo dessas energias que nos revitalizam e estimulam a viver em plenitude.

A conquista da fé independe da religião porque é inata no ser humano que, mesmo alegando não acreditar em nada, nos momentos de desencanto, tem ínsita em sua alma a centelha divina que o irmana a todos os seres da Criação. O ser humano precisa acreditar em algo para que não caia nas ciladas do desespero e da insensatez.

Quando o poder da fé anima seu coração e ilumina sua mente, o homem pode se apegar à esperança que o manterá mais sereno e o fará aguardar pacientemente a ajuda que, certamente, chegará na hora mais adequada.

Quando nos desesperamos, escurece o horizonte de nossa estrada e nos sentimos sufocados pela dor, incapazes de entender os acontecimentos, então sofremos com maior intensidade as dores da alma, a desilusão sem ter em que nos segurar...

Caímos na depressão alimentada pela descrença e o corpo adoece, requerendo maiores cuidados para que não interrompamos a trajetória de vida que nos foi traçada pela Providência Divina.

O apoio que a fé em Deus nos propicia é o antídoto para as dores da alma.

Um raio de esperança consegue ativar dentro de nós a fé e a coragem...

Sejamos gratos a Deus, nosso Pai e Criador, cuja misericórdia se faz presente em todos os momentos difíceis e nos desafios do caminho.

A prece de um coração justo e confiante consegue emergir de nosso mundo íntimo a motivação lúcida e consciente para prosseguir indicando as diretrizes seguras, sustentadas pela paz e a aceitação serena dos desígnios de Deus.

Impedimentos diários

Surgem de forma inesperada alterando nossos propósitos, nossas boas intenções na realização das tarefas assumidas...

É o irmão de crença que faz a crítica amarga ao nosso trabalho...

Surge no grupo familiar, quando alguém menospreza nossas atitudes de compreensão e solidariedade...

Aparece quando um amigo menospreza nossa dedicação junto aos deveres assumidos na comunidade religiosa que pertencemos...

No círculo de nossas amizades mais caras quando subestimam nosso esforço em nos manter em equilíbrio e coerentes com o que já assimilamos das lições de Jesus...

É a observação inadequada do companheiro das lides espíritas que não consegue entender nossas lutas e dificuldades para prosseguir no trabalho redentor...

É o pensamento malsão que chega até nós como farpas de calúnia e ingratidão...

Infelizmente, ainda não conseguimos desvencilhar com segurança diante destas manifestações de desapreço e desrespeito...

Todavia, é inadiável que nos acostumemos com estes impedimentos diários que procuram nos afastar dos deveres e compromissos no lar e na seara de Jesus.

Vigilância constante em nossos pensamentos, em nossos atos, em nossas reações diante destes empecilhos ao nosso crescimento espiritual.

Oração sincera, vibrações de amor e tolerância para com todos os que nos observam com agressividade no olhar, ironia nos gestos e palavras tentando nos atingir.

São almas enfermas que sofrem e se debatem em conflitos e desamor, fugindo de si mesmas e procurando chamar a atenção para suas angústias e temores.

Agridem justamente aqueles que poderão ajudar seus espíritos a sair deste sofrimento.

Estejamos vigilantes diante destes irmãos que caminham ao nosso lado, procurando espargir amor e envolvê-los em vibrações de paz e compreensão.

São os impedimentos que surgem em nosso mundo de relação como testemunhos para auferir nossos valores reais e como andam nossas condições morais, para que o Senhor da Vida possa aquilatar o quanto ainda temos que conviver com eles, os fiscais rigorosos de nossa conduta cristã.

Quem sabe um dia eles nos compreenderão?

Aproveitemos estas avaliações que nos incomodam para analisar nosso íntimo e buscar, cada vez mais, a transformação moral a qual estamos destinados, na linha da evolução!

Renascer sempre

Nas sucessivas vidas o Espírito imortal se engrandece nas lutas, nas conquistas morais que realiza ao longo do tempo.

Pelas dificuldades e obstáculos do caminho reconhecemos nossas necessidades evolutivas.

No âmago de cada ser vige a Lei Divina solicitando o ajuste necessário ao crescimento espiritual.

Assim, prezado amigo, não reclame nem verbalize a revolta que tenta, às vezes, destruir suas aspirações de progresso na senda redentora.

Renascemos na carne, na escola da vida, para o aprendizado enriquecedor.

E nossa destinação espiritual nos convida à reflexão mais profunda diante dos caminhos que escolhemos trilhar no processo reencarnatório.

Evitemos a perda inestimável da oportunidade de renovação diante do tempo que esvai célere como as águas turbulentas da queda d'água ou como o vento ligeiro que varre a estrada prenunciando a tempestade nas tardes de verão...

Aprendamos a arte da paciência diante dos entraves que obstam nossa marcha na direção do bem e da compreensão maior dos desígnios de Deus.

A Natureza nos dá exemplos de perseverança na renovação constante dos ciclos nas diversas estações do ano...

Os campos reverdecem após a estiagem prolongada, retorna a floração após o inverno cinzento e frio, explodindo em cores e sons com a chegada do verão, quando o Sol permanece mais tempo iluminando a paisagem terrestre...

Aprenda você também a renovar suas esperanças...

A deixar florescer em seu mundo íntimo o amor...

A iluminar seu coração com as luzes da fé perseverante e produtiva...

A expandir seus gestos de amor na direção do outro que aguarda uma palavra de estímulo, um sorriso de compreensão, um abraço de solidariedade...

Não permita que se ressequem as flores do perdão que suaviza as dores de alguém que aguarda sua bondade para conseguir superar as dificuldades do caminho.

Procure embelezar sua alma, numa renovação constante, com o fulgor da gratidão...

Não apague de seu coração a lembrança afetuosa daqueles que no passado ajudaram-no a superar obstáculos, oferecendo o apoio necessário para que o desespero não o destruísse.

Renove-se a cada dia diante da luta e do trabalho no bem, enriquecendo seus dias com as dádivas sublimes que o amor propicia a todos os que sabem o valor da generosidade.

Você se surpreenderá com o retorno de tudo o que realizou favorecendo o seu próximo e sentirá no coração a beleza da vida e a grandeza do amor de Deus.

Luz gradativa

Nossos primeiros passos na senda da evolução foram adquiridos com os lampejos da racionalidade... Ao conduzir nosso corpo em verticalidade, o que permitiu o poder da locomoção mais ampla, abarcamos com o olhar novas diretrizes e iniciamos o desenvolvimento moral e intelectual nas vidas sucessivas.

Lentamente fomos adquirindo os valores espirituais neste caminho que se alonga no infinito do tempo.

Quedas, enganos, perdas e conquistas foram se alternando com as vitórias e o enriquecimento espiritual nesta caminhada que visa ao nosso progresso moral.

Sob o olhar compassivo do Mestre que acompanha este crescimento em todo o planeta que habitamos, todos nós logramos oportunidades valiosas nas diversas conquistas que foram se incorporando ao nosso viver, denotando sempre o avanço natural na escala evolutiva.

A luz da razão é gradativa e seu uso vai dilatando nosso discernimento e nossa inteligência acerca da vida, do dever, do aprendizado, da crença em Deus.

A fé é inata em cada ser. Nossas almas se transformam quando a luz da fé se derrama sobre a razão e passamos a compreender melhor nossa origem divina.

O raciocínio nos leva a inquirir o poder de Deus, analisando a vida e as coisas imediatas com maior critério e discernimento.

A fé se expande na medida em que buscamos a ajuda de Deus na solução do que nos aflige e temos necessidade de acreditar no futuro para sobreviver em momentos de angústia e sofrimento mais intenso.

Durante muito tempo, no processo de crescimento do homem na Terra, a fé e a razão estiveram separadas como forças antagônicas, acreditando-se que a ciência não poderia estar ligada à religião.

O desenvolvimento intelectual do ser humano dificultou ainda mais a aliança da fé com a razão que se distanciavam cada vez mais...

Com o advento do Espiritismo, retornou o homem a compreender sua origem divina, alimentado pela fé. Iniciou, então, o processo de avaliação íntima com o qual, por meio da lógica e do discernimento, estabeleceu a união da ciência com a religião.

A partir daí a fé toma características racionais, comprovando por fatos científicos a origem da alma, sua sobrevivência e o intercâmbio dos dois planos — espiritual e físico. A consequência inevitável desta união é o estreitamento dos laços sociais e a conquista do progresso moral estabelecido pela Lei Divina ou Natural.

Iluminado pela fé raciocinada que a Doutrina Espírita estabelece, pode o homem caminhar com maior segurança na estrada da evolução, buscando sempre, em harmonia com sua destinação espiritual, alçar voos cada vez mais elevados, conquistando a paz e a felicidade.

Ausentes da vida

Tarde chuvosa, neste tempo primaveril, brindando a vida com a dádiva da renovação, molhando as árvores que circundam nosso bairro e as flores que deixam cair suas pétalas no chão, colorindo as calçadas e dando uma beleza singular à paisagem que se destaca no asfalto cinzento e frio.

Caminhantes sobem a rua procurando suas casas e carros velozes passam diante de minha varanda, certamente se dirigindo a seus lares, onde descansarão dos labores desta semana que se finda.

Refletindo sobre viver nestes dias tão conturbados, várias considerações assaltam minha alma e tento coordenar os pensamentos para conversar com você, querido leitor, neste sábado mais silencioso e triste que aqueles que se apresentam ensolarados e festivos.

Todos nós caminhamos em direção à vida que estua além dos limites físicos. Se já buscamos os objetivos reais da existência, vivenciando as conquistas amealhadas nas experiências adquiridas pelas lutas, pelas dores e testemunhos inerentes ao nosso grau evolutivo, estamos conscientes de nossa realidade espiritual.

Atravessamos fases distintas neste processo de crescimento espiritual, diversificadas pela posição que ocupamos no mundo, principalmente, pelo nosso comportamento diante das adversidades e do sofrimento.

Assim como a semente minúscula sofre o aprisionamento, a solidão, lutando contra os empecilhos que tentam impedir seu desenvolvimento natural, a terra que a comprime e a ausência da luz que limita sua expansão, nós também sofremos nas lutas e dificuldades buscando a redenção espiritual. A semente supera todos os entraves ao seu germinar e desponta tímida no seio da terra para crescer vigorosa... Cumpre seu papel, de variadas formas, nas fases de seu crescimento, dando origem à planta que se transforma em árvore benfazeja ou em arbusto florido, enfeitando a vida e perfumando os que passam em seu caminho...

Como a semente minúscula, quando buscamos a iluminação interior pela conquista dos valores imperecíveis da alma, enfrentando as dificuldades e superando os desequilíbrios que tentam nos reter na retaguarda, estamos vencendo as lutas redentoras e conquistando nosso crescimento espiritual.

Não será isolando-nos e fugindo do mundo que encontraremos a paz e a harmonia íntima, e sim no cumprimento de nossos deveres, nas lutas e dificuldades superadas, no equilíbrio de um relacionamento sadio e estável com aqueles que a vida colocou em nosso caminho. Devemos aceitar os desafios, vencê-los com paciência e muita coragem para que o amor direcione nossos gestos e esta aceitação não nos impeça de lutar por um mundo melhor, começando pelo despertar de nossa consciência ante nossa destinação como espíritos imortais.

Como conseguir este equilíbrio neste mundo tão conturbado?

Como enfrentar a luta sem nos deixar levar pelo desânimo e pela incompreensão, quando tudo parece conspirar contra nossas melhores aspirações?

Não existe diretriz mais segura do que buscar nos ensinamentos de Jesus a compreensão maior de nossos destinos e as normas que orientarão nossa consciência.

Estar despertos para a necessidade da introspecção, do autoconhecimento para avaliar nossas reais condições e nos preparar convenientemente para o enfrentamento das dificuldades que estão dentro e em torno de nós é todo um processo de crescimento que somente nós mesmos poderemos realizar, desde que estejamos empenhados na reparação constante de nossas faltas e aprimoramento de nosso mundo interior.

Muitos caminheiros que se entregam às conquistas do poder, da notoriedade, da riqueza material estão mortos para esta realidade espiritual.

O apego às coisas transitórias do mundo os impedem de acordar para as finalidades reais de suas existências, distanciando-os dos valores morais e da riqueza do conhecimento da verdade que poderia libertá-los das algemas que ainda os prendem às ilusões da vida física.

Quando Jesus convida o moço rico para segui-lo e ele ainda não consegue se desvencilhar das obrigações que o retém, Ele lhe propõe: *"...segue-me e deixa aos mortos o cuidado de enterrar seus mortos."* (*Mateus,* 8:22). Sabemos que Jesus não se referia nesta advertência aos cadáveres, e sim aos mortos que se ausentam da vida no sentido de estarem presos à matéria inerte, perdidos nas sombras da morte ainda vivos e sem atinar com os objetivos reais da existência terrena.

Refugiam-se nas conquistas materiais, cerceados pelo egoísmo e pela ambição desmedida, esquecidos de que um dia terão que abandonar tudo que é perecível... Compreenderão embora tardiamente que estavam retidos em suas prisões mentais, impedidos de viver plenamente a vida.

Todos nós que nos dizemos seguidores de Jesus estamos ainda distantes de encontrá-lo porque nos perdemos nos labirintos da dúvida, distantes da fraternidade real, temerosos de realizar o despojamento necessário para adquirir a liberdade de poder segui-lo sem as amarras das preocupações que ainda nos prendem no mundo das sensações e do poder temporal.

Vivendo em sociedade, não podemos ficar alheios ao que acontece em torno de nós. Entretanto, a busca do autodescobrimento é um processo de autolibertação que nos torna mais livres. Conhecendo-nos mais profundamente, melhor compreenderemos o nosso próximo em suas lutas e necessidades.

Assim, meu amigo, desperte e viva plenamente confiando em sua destinação espiritual, em paz com sua consciência e livre de qualquer preconceito que o retenha distante da generosidade e da compreensão.

Livres para viver em plenitude o caminho da vida como seguidores de Jesus, na direção de nosso destino maior.

O valor da amizade

Sabiamente Jesus nos ensinou a doutrina do amor exortando-nos a amar o próximo como a nós mesmos. Na compreensão desta máxima entendemos o valor da amizade e como nos relacionar melhor com aqueles que caminham conosco...

Quando tomamos consciência de nosso mundo interior, analisando-nos sinceramente, passamos a entender, com maior amplitude, o outro.

Amamos, realmente, o próximo quando não colocamos barreiras à compreensão, à tolerância e à aceitação natural de quem se aproxima de nós...

O nosso *próximo* está junto de nós no âmbito familiar, no ambiente de trabalho, na sociedade na qual estamos inseridos.

Num sentido mais amplo estenderemos o amor a todos os nossos irmãos porque onde quer que se encontre um ser humano, surgem oportunidades valiosas de exercitarmos o bem. Vivemos no local adequado ao nosso crescimento espiritual.

Não podemos perder as chances de fazer amigos, conquistar corações e libertar consciências usando tudo o que a vida nos propiciou em bênçãos de conhecimento e amor.

Não existe maneira mais nobre de reverenciar a vida do que usar a bondade, a compreensão e a gratidão para com os outros.

Devemos agir com sinceridade e desprendimento, afeição e tolerância para com nossos amigos e companheiros de jornada.

O valor da amizade é inestimável quando nos apoiamos mutuamente e atendemos nosso amigo nos momentos de dificuldades, de dores e dissensões.

Quando sofremos ou estamos em dificuldades passamos a compreender o valor da prece, do sorriso de consentimento, da palavra de advertência, do abraço fraterno, do olhar compassivo...

Estes gestos de amor que recebemos quando atravessamos momentos de dor e frustração, nos levam a entender em sentido mais amplo o amor de Deus por todas as suas criaturas.

A consciência tranquila do dever retamente cumprido, a serenidade íntima e a segurança que a fé imprime em nossas vidas nortearão nossos passos e a maneira correta com que devemos cuidar de nossos amigos.

Se já compreendemos que o processo mais seguro de se ter bons amigos é corresponder, fielmente, aos interesses mútuos que nos ligam e doar na mesma intensidade o amor que recebemos, conseguiremos manter os vínculos afetivos.

Quando somos amigos compreendemos o verdadeiro sentido da liberdade e do respeito que dignifica toda amizade sincera.

As lições do passado

As recordações do passado, quando expressam erros e desenganos, não devem ser cultivadas em nosso coração porque apenas iriam perturbar a sementeira de hoje, atrasando a colheita futura.

Que os enganos de ontem sirvam de lições e avisos para não cometermos os mesmos erros.

Ficar recordando o passado, mesmo os acontecimentos felizes, não nos permite vivenciar o presente que chega para todos nós em renovadas perspectivas de crescimento e aprendizado.

Hoje é a oportunidade valiosa de viver em intensidade o que a vida nos oferece como uma dádiva divina em toda a sua grandeza.

Não importa que os dias não sejam venturosos como ontem. Nem que estejamos cansados ante os desenganos do caminho. A coragem da fé deve nortear nossos passos neste trajeto novo que iniciamos, para que a luz da esperança e a certeza do amor de Deus nos confortem a alma e nos orientem as decisões de cada dia.

Ficar rememorando fatos que não acontecerão de novo, pessoas que já não fazem parte de nossa vida terrena com saudosismo e tristeza ensombra nosso íntimo e nos faz perder oportunidades que nos fariam felizes e tranquilos.

No comboio da vida estamos todos no lugar mais apropriado ao nosso crescimento espiritual, na companhia dos que nos ajudam a desenvolver as qualidades ainda adormecidas e que nos despertam diante dos deveres e compromissos.

Assim, meu irmão, não se lamente quando os outros não compreendem seus anseios de melhoria e suas lutas íntimas.

Aguarde dias melhores no calendário da vida.

A cada novo alvorecer agradeça a Deus a oportunidade de um novo recomeço.

Ore com sinceridade e confiança porque vivemos sob leis sábias e amorosas de um Pai generoso e justo que compreende nossas lutas e esforço em vencer os desafios da jornada.

Aguarde com paciência e otimismo as respostas de Deus.

Elas chegarão até você por meio de amigos que compreendem suas necessidades maiores, de lições valiosas do livro que conforta seu coração, do sorriso de bondade de um desconhecido que cruza seu caminho ou simplesmente de um gesto de amor de alguém que retorna à sua vida com promessas de apoio e compreensão.

O ontem deve ser registrado como a experiência que enriquece e o dia de hoje como promessa de progresso e desenvolvimento moral no suceder das vidas que escoam na ampulheta do tempo!

Recordações e reminiscências

Buscando o recolhimento nas horas de meditação, nossa mente se esvazia das preocupações diárias e abre espaço para as recordações e reminiscências que ressurgem de nosso arquivo existencial.

Nem sempre estas lembranças são construtivas e saudáveis.

Algumas ressumam em forma de desencanto ou desalento, enfraquecendo-nos a vontade de prosseguir vivendo.

Como espinhos encravados no coração, certas recordações destilam mágoas e decepções para com aqueles que nos abandonaram.

Outros fatos surgem com figurações de rebeldia, desejos de revidar ofensas perturbando nossa paz atual.

Estas recordações, por serem nefastas, devem ser repelidas e se possível analisadas com maior discernimento para que não nos causem danos físicos ou morais.

O perdão e a compreensão mais ampla a respeito dos reais motivos destes acontecimentos, sem autopiedade ou orgulho nos darão outra visão mais clara e benéfica dos questionamentos que ainda não foram resolvidos racionalmente por nós mesmos.

Recordar apenas para remoer mágoas e dissabores complicam nossas disposições atuais e enfraquecem nosso poder de superar dificuldades e lutar por dias melhores.

O correto é alimentar em nosso mundo íntimo a compreensão e procurar nestas lembranças as experiências salutares que poderão nos ajudar a vencer, atualmente, nossos problemas e enfrentar de cabeça erguida os obstáculos ao nosso crescimento espiritual.

As horas de recolhimento e prece não deverão ser desvirtuadas de seu propósito maior que seria o de aliviar tensões, acalmar o coração e nos levar às reflexões sobre os problemas vivenciais, buscando soluções adequadas.

A sós, no reduto doméstico ou em contato com a Natureza, busquemos na prece o lenitivo para nossas dores e o fortalecimento para nossas lutas. Ao orar nos colocamos em contato com as forças benéficas que nutrem nossos espíritos de energias positivas, reanimando-nos para prosseguir.

Recordemos as vivências passadas somente com o intuito de não cair novamente nos mesmos enganos e erros. Seriam avisos e advertências na escolha de caminhos ou posições a tomar diante dos problemas atuais.

Analisemos as conquistas e os sucessos de ontem como estímulos ao crescimento espiritual e ao propósito de realizar cada vez melhor nosso trabalho no bem e aumentar as possibilidades do exercício do amor e da caridade em favor do próximo.

No equilíbrio de nossas emoções e no discernimento frente aos deveres que nos competem, estaremos mais aptos a desenvolver nosso trabalho e conquistar novos patamares, galgando posições mais condizentes com nossas necessidades reais na linha da evolução a que estamos destinados.

As reminiscências de fatos já superados deverão ser conduzidas com racionalidade e bom-senso para não cairmos nas armadilhas do desânimo nem nos perdermos nos labirintos das dúvidas e desenganos.

Recordar é viver quando nos faz crescer e motiva novas conquistas morais, ensinando-nos a discernir entre o mal e o bem, evitando novas quedas ou o entorpecimento da razão.

Simplicidade

Poucos indivíduos conseguem viver com simplicidade.

As pessoas confundem simplicidade com desleixo e indiferença...

Os simples são naturalmente humildes e vivem bem em qualquer lugar em que são chamados a realizar qualquer tarefa de âmbito profissional ou social.

Eles não menosprezam os que estão em situação mais difícil nem aqueles que têm pouca possibilidade de êxito na vida.

Quem não possui a simplicidade como maneira de ser, não compreende o outro. Há despeito e orgulho mascarando suas atitudes quando menosprezam os que possuem melhores condições de vida... Desconhecem os méritos e as lutas enfrentadas por muitos para adquirirem o que possuem ou estarem em situações mais vantajosas.

Nem sempre as coisas acontecem como imaginávamos, por isso Jesus preconizou que não julgássemos nosso próximo.

O que irá caracterizar o indivíduo é a maneira com que se empenha na aquisição dos valores que o irão distinguir no meio social.

Quantos nascem em ambientes de maiores recursos financeiros e não se dão bem na vida?

Quantos possuem pais que se destacam na sociedade por méritos e títulos adquiridos honestamente e com certo sacrifício e são pessoas medíocres?

Quantos não se esforçam e esperam que tudo lhes chegue às mãos sem lutas e sacrifícios e se perdem nos labirintos do vício e da ociosidade?

Conhecedores da Lei de Causa e Efeito, eles reconhecem que as virtudes e os valores morais são inerentes ao espírito imortal... O local de nascimento, os pais e mesmo as facilidades materiais de nada valerão se o indivíduo não tiver vontade de vencer, de ser útil, de viver uma vida saudável e produtiva.

Geralmente as pessoas mais inteligentes e conhecedoras das leis da vida são mais simples. Mesmo ocupando lugares de proeminência na sociedade, mesmo tendo facilidades financeiras e notoriedade vivem com simplicidade, usufruindo da vida as alegrias inerentes às vitórias almejadas.

Assim, meu irmão, quando ouvir alguém recriminar ou diminuir o próximo, alegando que já nasceu com mais possibilidades na vida, não generalize.

A simplicidade com que muitos procuram viver é resultante da condição moral do indivíduo que prioriza os valores espirituais e não abriga em seu coração a ambição, o orgulho e a presunção de ser melhor que o irmão que caminha com maiores dificuldades e problemas.

Suas características mais comuns são:

Compreensão diante da dor alheia;

Age com justiça e não aponta os erros dos outros sem antes observar como andam seus valores pessoais;

Procura viver com o essencial;

É compassivo e tolerante diante do erro, sabendo que não é perfeito e precisa da indulgência do outro.

A chave da felicidade talvez esteja nesta virtude tão importante e pouco exemplificada.

Simplicidade — virtude rara de almas sensíveis e superiores.

Pouco compreendida ainda, porém, engloba valores imensuráveis que distinguem o homem justo.

Vale a pena envidar esforços contínuos para adquiri-la!

Refazendo caminhos

Com o passar dos anos ficamos cada vez mais conscientes da necessidade de vivermos com simplicidade... Compreendemos ser este o caminho mais seguro de encontrarmos o bem-estar físico e mental.

Viver com o essencial nos dá uma sensação de liberdade e conforto muito acima das aquisições materiais, sejam objetos pessoais ou equipamentos modernos que ocupam espaço físico, sem ter nenhuma necessidade real em nossa vida.

Todo ser humano necessita criar a sua volta espaços, janelas, aberturas ou frestas que lhe permitam ver as coisas em torno de si e aprender a olhar seu mundo íntimo. Vivemos distraídos com o que é transitório e efêmero, esquecidos de que o melhor seria observar atentamente o que nos torna felizes.

O aturdimento da posse desenfreada rouba de nós a felicidade e a tranquilidade que uma vida simples propicia.

A abstração do que é concreto e tangível eleva nossa mente e melhoramos nossa sintonia com o mundo subjetivo e isso é o que realmente importa.

Quando aprendemos a arte de *ver com os olhos da alma*, entendemos de forma mais nítida o sentido existencial e nos tornamos mais livres e sensíveis a tudo o que nos cerca...

Ver apenas com os sentidos físicos limita nossa percepção real porque apenas enxergamos objetos e coisas materiais. Entretanto, quando *aprendemos a ver*, descobrimos uma beleza mais intensa no que observamos, como se uma simples pedra ganhasse vida e nos mostrasse toda a sua trajetória, liberando nosso pensamento a respeito da realidade que a cerca.

Jesus nos ensinou a *ver com os olhos da alma* purificados pelo amor e nas coisas mais simples da Natureza ele descortinou, para a multidão que o ouvia, a beleza da simplicidade, a grandeza do amor, o valor do bem sobrepondo ao mal que ainda reside dentro dos corações humanos...

Na contemplação da Natureza, observando a beleza do que nos cerca, vamos ampliando nossa visão interior, dilatando nossos sentidos além da matéria, passamos a ver o que realmente importa...

Dizem que os poetas veem poesia em tudo que observam... Conseguem, mais do que os outros, colorir a vida com nuanças de beleza e induzir a quem os lê a sonhar, ter esperanças no coração porque entendem melhor os sentimentos humanos e usam as palavras como instrumentos que fazem vibrar a emoção humana...

Os orientais, em suas meditações constantes, aprenderam a arte de ver com sabedoria e buscam, no recolhimento e na meditação, a fonte da energia e da sabedoria. O Zen budismo apregoa que a espiritualidade é a busca da expressão chamada *satori*, que é a abertura do terceiro olho. Para nós seria a *pineal* ampliando a nossa percepção, desvendando, em sua ligação com o plano espiritual, a beleza e o conhecimento das leis que regem o Universo.

Se aprendermos a olhar com amor, aguçando nossa sensibilidade, veremos em cada ser o nosso próximo, respeitando-o e tolerando suas limitações.

Neste aprendizado é necessário que primeiro venhamos a nos conhecer e a nos amar como preconiza a Lei Natural ou Divina.

Depois, iremos aos poucos, no exercício constante da paciência, do perdão e da compreensão, aprendendo a amar o nosso próximo como a nós mesmos como preconizou Jesus.

A assimilação desta verdade sob a luz do amor nos ensinará a olhar com os olhos da alma, sensibilizados pela beleza das coisas que estão diante de nós, sublimando nossos sentimentos para num segundo estágio olhar mais profundamente e analisar com generosidade os que caminham conosco e assim amar em plenitude, sem restrições ou condicionamentos.

Não é tão simples como parece, mas somos dotados de sentimentos e emoções que se trabalhados e educados irão nos demonstrar como é grande a beleza da vida que esplende todas as manhãs, oferecendo-nos oportunidades de recomeço, de reconstruir nossos caminhos e atingir a paz que tanto almejamos.

Além do horizonte

Contemplo o amanhecer neste verão, descortinei a beleza do céu avermelhado pela luz solar que o inundava de cores antecipando sua chegada... Um turbilhão de ideias povoou minha mente e desejei repassar para seu coração o que sentia naquele momento mágico, quando minha alma, tocada pela emoção de um novo dia, percebeu naquela amplidão diante de mim a beleza da vida retratando a insuperável grandeza de Deus.

Percebi, olhando além do horizonte, o significado de estar aqui naquele instante e como é infinito o amor de Deus por todos nós...

Um sentimento profundo de gratidão aflorou em minha alma. Orei agradecendo a dádiva da vida e o sermos todos nós detentores de tantas belezas e oportunidades de encontrar a felicidade e a paz.

Necessário o aprendizado do amor, da renúncia, do despojamento de coisas que ocupam espaço em nossas vidas e não têm real necessidade. Liberar nossa existência do excessivo apego às pessoas e bens materiais que nos cercam para poder abrir espaços mentais que nos levem a pensar e repensar com equilíbrio nos deveres e compromissos assumidos.

Passamos todos pelos mesmos caminhos na linha da evolução e as oportunidades de crescimento chegam até nós sem privilégios. É preciso ver o que realmente nos engrandece e possibilita o progresso espiritual.

Nem sempre enxergamos em nós mesmos os entraves a este crescimento, mas poderemos treinar, em momentos de recolhimento e oração, a arte de *ver com os olhos da alma* o que está fora e dentro de nós, motivando nossa ascensão espiritual.

Aprimorando-nos intimamente, aprendendo a ver a beleza que a Natureza nos concede, educando nossos sentimentos, ampliando nossa sensibilidade diante do outro nos momentos de dores e infortúnios, compreenderemos o sofrimento como instrumento divino a nos lapidar a alma.

Quem sabe, assim, estaremos aprendendo com os poetas a ver a beleza que transcende da flor que embeleza nossos sentidos físicos, da árvore amiga que nos dá exemplos de perseverança, da água que nos purifica, do alimento que nos fortalece e anima a cada dia...

Ver essencialmente com o coração, porque como dizem os que têm esta sensibilidade ante o belo: o essencial não está apenas na forma concreta do objeto admirado. Está muito além do que veem nossos sentidos físicos. Passaremos a perceber o encantamento em tudo o que é obra divina e nos dá felicidade, mesmo que temporária, mas que conforta e nos anima a prosseguir.

Respeito e amor a todos os seres, a tudo que é obra da Criação de Deus — eis a meta na conquista da paz e da felicidade.

Somos aquinhoados com a riqueza do conhecimento espírita e as luzes do Evangelho de Jesus — bênçãos em nossas vidas — possibilitando-nos o roteiro seguro neste aprendizado diário que é a arte de viver em harmonia com nosso próximo, com nosso mundo interior e com todos os seres da Natureza.

Felicidade não é a mesma coisa que prazer, é algo mais profundo, ínsito em nosso âmago, delineada pela nossa capacidade de compreender a vida e tudo que ela nos dá. O que vai caracterizar nossa capacidade de ser feliz é a maneira com que demonstramos a gratidão a Deus pelo que recebemos mesmo nos momentos mais difíceis, porque iremos entender a função educativa da dor e o resgate de débitos do passado, colocando-nos livre para novos desafios.

Assim, meu irmão, a cada novo dia que surge ao alvorecer, eleve seu pensamento a Deus e agradeça a dádiva da vida, a beleza imensurável da Natureza, as oportunidades de seguir buscando novas diretrizes e aprendizado.

Contemple com os olhos da alma a Natureza, a beleza da flor, o Sol ou a chuva que abençoa a terra, o sorriso de uma criança, a ternura dos que buscam seu afeto, a sabedoria do ancião que cruza seu caminho, o céu estrelado e compreenda a razão de tudo que existe dentro e fora de você, levando-o a agradecer a bondade de Deus.

A bênção da amizade

Todos nós necessitamos de afeto e compreensão para viver em harmonia com a vida. A amizade sincera é um porto seguro em nossa viagem terrena porque sendo o ser humano essencialmente gregário, necessita de estar em contato permanente com seus semelhantes.

Neste convívio consegue estabelecer parâmetros, crescendo e fazendo desenvolver suas potencialidades, trocando experiências e ajudando-se mutuamente.

A arte de fazer amigos é mais simples que a de saber conservá-los.

Costuma-se dizer que o verdadeiro amigo está sempre presente mesmo sem estar materialmente junto de nós. Poderíamos afirmar que a verdadeira amizade pressupõe confiança mútua, doação e compreensão nos momentos difíceis da existência.

Há em todos nós características que são comuns. Estas semelhanças facilitam a convivência, mas será a identidade de intenções e sentimentos que farão duas pessoas diferentes conservarem a amizade mesmo estando distantes.

Quando temos amizades que se prolongam por anos e anos, dizemos que temos afinidade e amor por estas pessoas.

No entanto, nem sempre a convivência entre amigos é um mar de rosas... Há períodos de tempestades, de distanciamentos, de controvérsias, mas perdura o sentimento de respeito e gratidão quando ambos são sinceros e se amam segundo a orientação de Jesus.

Quando ficam ressentidos, sem capacidade de compreender e perdoar o outro é porque o sentimento é frágil e não existe realmente a amizade sincera e desinteressada.

Amamos nossos amigos mesmo quando se apresentam com defeitos incorrigíveis e nos magoam. Perdoamos, esperamos passar o período de crise e conseguimos dar a volta por cima e retornar com mais compreensão e solicitude.

Pessoas generosas conservam seus amigos mais facilmente.

São solícitas, bondosas, indulgentes. Não guardam rancor ou ressentimento e suas almas são perfumadas pelo amor incondicional.

Possuo amigos e amigas com esta dimensão moral que nos emociona, faz com que a gratidão adorne nosso íntimo e oro todos os dias a Deus para que permaneçam sempre ao nosso lado, mesmo depois que retornarmos ao mundo espiritual.

Entretanto, existem aqueles que se ofendem com facilidade, escondem o sorriso atrás de um rosto carrancudo e infeliz, críticos contumazes... Como não sabem amar, sofrem mais intensamente com as perdas, com a solidão das horas amargas dificultando a aproximação daqueles que lhes poderiam ajudar.

Você, meu irmão, possui amigos verdadeiros?

É um amigo sincero que está sempre pronto a ajudar nas horas difíceis?

Rejubila-se com o sucesso de seu amigo, sem se corroer de inveja?

Se você está pensando em seus amigos ao ler estas questões e se sente em paz é porque você é realmente um companheiro que merece ser feliz ao lado dos que ama.

A terapia do amor se faz constante quando temos amigos e sabemos conservá-los porque nosso psiquismo vibra de emoções positivas nestes relacionamentos que nutrem nossos espíritos e equilibram nossas mentes.

Educando os sentimentos

Costumo dizer que me desnudo quando escrevo, exponho meus sentimentos, minhas emoções, minha vida...

Só sei escrever assim, com transparência, falando o que sinto com a intenção de me fazer entender pelos que passem por situações idênticas.

Recordo um amigo jornalista que já partiu para o mundo espiritual com o qual mantive correspondência durante muito tempo... Ele dizia: *"escreva com o coração... quando falar dos ensinos de Jesus ressalte os sentimentos que lhe sejam mais comuns e com os quais já convive. Somente assim conseguirá chegar até o coração de quem lhe ouve ou lê seus escritos."*

Embora esteja ainda caminhando lentamente na exemplificação do que escrevo, tenho procurado testemunhar o que já aprendi ao longo da vida e o Evangelho de Jesus tem sido o suporte espiritual no qual aprendo a conviver melhor com meus problemas e dificuldades.

Procuro manter meu coração livre de mágoas e ressentimentos.

Evito comentar situações irregulares dos outros porque não temos o direito de falar do que não sabemos em toda a sua extensão... Principalmente quando é relatada a ocorrência por uma terceira pessoa. Assim me preservo de julgar e errar em minhas conclusões.

É muito difícil julgar acertadamente as pessoas. Não conhecemos seus problemas íntimos, suas dores morais, seus desenganos...

Por isso, devemos ter indulgência e compaixão para com os que cometem enganos e erros em suas vivências...

Escrever com o coração é deixar extravasar tudo o que nos sensibiliza a alma em momentos de conexão com a vida que esplende em torno de nós...

É sentir o palpitar da Natureza quando tocamos o tronco de uma velha árvore e percebemos o pulsar da seiva que circula e nutre seu corpo...

É ouvir os sons no silêncio da mata quando amanhece e perceber a riqueza de tudo o que sentimos desde o cheiro de capim molhado até o aroma das flores silvestres que pendem nos barrancos escondidos sob a folhagem escura...

É ouvir os ruídos abafados e quase imperceptíveis dos insetos e animais que se escondem nos ramos das árvores ou nas tocas do chão batido entre galhos secos e folhas ressequidas...

É contemplar toda esta beleza silvestre, quase selvagem e sentir a grandeza de Deus que nos fez assim sensíveis a tudo o que ele criou para sustentação da vida e encantamento de nossos sentidos mais refinados...

É olhar os olhos de uma criança e ver o futuro além dos sonhos que ela promete...

Olhando a chuva fina que molha o chão ressequido após a estiagem demorada, prever a promessa de vida germinando em seu seio com a mesma suavidade com que ela cai em meu rosto, lavando a dor da desilusão com prenúncios de felicidade...

Todas as sensações e percepções que a contemplação da Natureza produz em minha mente operam mudanças em meu mundo íntimo, equilibrando meus sentimentos na busca de um melhor relacionamento com a vida e com o meu próximo.

Por isso, meu irmão, procure transformar seus sentimentos, equilibrar suas emoções... Aprenda a ouvir com sensibilidade aguçada a vida que palpita e vibra em torno de você e assim poderá falar com o coração e sentir o valor das dádivas divinas.

Neste sublime aprendizado entendemos melhor nosso semelhante e exercitamos o perdão, a compreensão, a compaixão que devem sempre mover nossas ações...

Estaremos aptos a caminhar com mais segurança, como filhos de Deus e leais seguidores de Jesus!

O relógio do coração

Nem sempre escutamos o relógio do coração...
Ele marca um tempo diferente do relógio que carregamos no pulso, no móvel do quarto ou na parede da sala.

O relógio do coração marca os acontecimentos que foram registrados pelos nossos sentimentos, por nossas emoções e muitos deles se eternizam ante o significado profundo que imprimem em nossas vidas...

As horas não são determinadas pelas convenções de ser dia ou noite como os relógios comuns, porque alguns fatos e vivências demoram mais em seus registros, outros permanecem apenas alguns segundos e outros se perdem na voragem do tempo sem que pudéssemos avaliar sua duração real.

Quando amamos alguém, as horas vivenciadas juntos passam céleres com minutos apressados enquanto as ausências são eternas e aumentam a ansiedade e o desejo do reencontro.

Quando alguém parte em definitivo para o outro lado da vida, a saudade tem a duração da eternidade e a dor lacera sem podermos contar os longos dias, as horas de solidão porque vão se estendendo além da nossa capacidade de avaliar o tempo...

O relógio do coração não discrimina pessoas nem acontecimentos, porque seu tempo é proporcional ao valor que determinamos ao sentir a presença do outro ou a viver o momento agradável ou inoportuno...

Por isso, quando alguém se aproxima de nós e permanece ao nosso lado, motivando alegrias, apoio, solidariedade, compaixão e amor, não percebemos quanto tempo nosso coração registrou, apenas sentimos que foi breve a comunhão de nossas almas, deixando marcas de sua presença para sempre...

Você já percebeu que o seu coração marca as horas vividas de forma diferente?

Se ainda não, faça uma reflexão a respeito dos momentos que tem vivenciado nos últimos tempos e procure avaliar se a duração é a mesma ou se há variações de acordo com os protagonistas dos acontecimentos e quais pessoas deixaram neste relógio o registro das horas bem vividas.

As que não deixaram sinais de sua passagem não merecem o esforço de serem recordadas, mas aquelas que marcaram com seus gestos os momentos de prazer e os de sofrimento, que sinalizaram com afeto e compreensão as horas em que você precisou de alguém que o ajudasse a vencer as dificuldades...

Estas sim merecem ser eternizadas no relógio do seu coração!

Procuro ser pontual e gentil, não atrasando aos encontros marcados pelo relógio do tempo, entretanto, dou mais valor aos registros do meu coração e procuro avaliar se é oportuno prosseguir ou alterar os relacionamentos e as atitudes na vida.

Costumo acertar, entretanto, o mais importante é lubrificar o relógio do coração com o óleo da generosidade e do perdão para que ele ande sempre em dia e seja pontual em relação à vida e ao meu desejo de ser feliz!

Esperança e coragem

A vida é feita de momentos que passam céleres...
São instantes fugazes... Sonhos que se realizam ou se desfazem como a bruma do alvorecer.
Não podemos pensar em retroceder neste caminho que é a vida em sua sequência normal.
Neste tempo tão sem tempo desta vida transitória não podemos deixar que as ilusões e conquistas materiais nos envolvam e predominem sobre o cultivo das coisas espirituais.
Muitos vivem como se fossem eternos, indestrutíveis...
Imortais o somos, é verdade. Todavia muitas são as oportunidades concedidas por Deus em nosso processo evolutivo nas vidas sucessivas. Ele espera que nosso tempo seja usado coerentemente com o objetivo da vida, nosso progresso moral.
Hoje já somos detentores do conhecimento e da razão. Nossa responsabilidade é acrescida da posse destas verdades.
Ontem desfrutávamos da existência e suas benesses distantes do sentido real de nossa destinação, como filhos de Deus em processo de reajuste e redenção espiritual.
Consagrávamos nosso tempo na aquisição dos bens materiais, desfrutando dos gozos primitivos guiados pelo instinto e pelo desejo de viver intensamente todas as vantagens

do poder, da fama, do dinheiro fácil em detrimento de nosso progresso moral.

Vivíamos o primitivismo em nossa conduta e em nosso conhecimento a respeito das verdades espirituais e das Leis Divinas.

Entretanto não conseguíamos vencer nossas imperfeições morais e sofríamos as imposições das perdas, do aniquilamento, do tédio que a ociosidade fazia germinar em nossa alma.

Hoje já podemos pensar em uma vida futura que descortina para todos nós novas oportunidades de refazer caminhos, resgatar débitos, equilibrar nossas emoções por meio do trabalho no bem, da compreensão maior das leis morais, do enriquecimento espiritual.

A esperança deve sinalizar nosso caminho orientando-nos com a certeza do amanhã de luzes, como o despertar da alvorada após a noite escura vencida pela claridade de um novo dia.

A coragem de superar nossas dificuldades será a alavanca propulsora de nosso progresso neste caminhar seguro dos que acreditam na imortalidade da alma e sua destinação feliz colaborando sempre na obra infinita de Deus.

Esperança e coragem — nossa sustentação no enfrentamento das lutas e desafios do caminho! Fatores essenciais ao nosso progresso moral.

Luta íntima

Constante em nosso caminhar pela vida é o desejo de sublimação de nossos sentimentos na busca incessante do aprimoramento moral, quando já sentimos dentro de nós a necessidade de seguir Jesus.

É uma luta sem trégua que nos leva à vigilância contínua com a observação de nossos atos perante a vida e nosso próximo.

Mesmo desejando sinceramente alcançar um patamar de evolução compatível com nossas necessidades maiores, buscando a transformação íntima, deparamo-nos com muitos obstáculos.

Cobramos em demasia nosso posicionamento diante das lutas que travamos conosco, chegando a desanimar diante de tantos entraves a este crescimento espiritual.

Todavia não podemos desistir nem nos entregar às lamentações improfícuas que não nos levam a nada e atrasam nossas conquistas no campo do trabalho incessante que nos compete realizar.

Neste caminho iremos encontrar sempre pequenas contrariedades que tomam nosso tempo, cobrando mais paciência e disciplina para não cairmos nas ciladas que a vaidade e o orgulho preparam para nós.

Todos sabemos que os maiores obstáculos ao nosso crescimento moral são aqueles que se acham inseridos em nosso mundo íntimo e lutar contra eles requer de todos nós muita humildade, coragem, discernimento e sinceridade.

Enxergamos com maior facilidade o argueiro nos olhos de nosso próximo e deixamo-nos levar pela crítica, menosprezando as possibilidades alheias como se fôssemos os únicos destinados ao progresso moral como filhos de Deus.

Caminhamos todos juntos nesta empreitada que é a vida.

Estamos incursos nas mesmas leis e diretrizes morais que motivam nossa provação ou aprovação diante de nossa consciência. Ela é a melhor conselheira e nos aponta sempre o que é correto e o que devemos evitar quando temos o bom-senso de escutá-la nos recônditos de nossa alma.

Assim, sem excessivo entusiasmo, mas com a coragem de quem sabe o que deseja realmente na vida, é imperioso reconhecermos nossos erros, tentarmos repará-los, preparando-nos para prosseguir na escalada evolutiva.

É da Lei Divina nossa destinação no contínuo progresso moral até atingirmos a perfeição. É nosso dever envidar esforços nesta busca incessante para que não fiquemos para trás, lamentando o tempo perdido, distantes do posicionamento almejado.

Prossigamos, então, confiantes e não percamos muito tempo exigindo de nós mesmos o que não podemos ser ainda como pretexto para adiar o trabalho no bem.

Coragem e perseverança devem ser nossas atitudes na realização do que nos compete. A indicação do "caminho a seguir" está ínsita em nossa consciência.

Aprendendo a amar

Quando nos damos conta de que não há alternativa para a felicidade senão por meio do gesto de amor a tudo e a todos que nos cercam, experimentamos a alegria de sentir no âmago de nosso ser que realmente somos irmãos em Humanidade.

Esta assertiva todos nós que nos dizemos cristãos já conhecemos. Quando Jesus nos exorta a amar ao próximo como a nós mesmos, entendemos que este procedimento é o ponto máximo de sua doutrina e o caminho da vida e da verdade.

Não fomos criados para viver sozinhos. Somos seres gregários por natureza e interdependentes.

O egoísmo nos leva a viver no isolamento, todavia nos torna amargos e sem objetivos mais amplos na vida. Fechamos o cerco em torno de nossos desejos e aspirações, sem nos importar com as demais pessoas, entretanto, esta atitude nos torna pessoas solitárias e infelizes.

Você já pensou como seria árida sua vida sem a presença de outras pessoas que compartilhassem suas alegrias e suas tristezas?

Alguma vez você já se sentiu perdido na solidão de uma noite sem ter alguém para ouvir suas queixas ou suavizar seu sofrimento?

Já se sentiu sozinho no meio de uma multidão de desconhecidos e indiferentes?

São situações que nos fazem sofrer e buscar outra saída para nossa existência, para não sucumbir ao peso da amargura e da tristeza...

O amor nos leva à compreensão dos objetivos da vida e entendemos mais amplamente os nossos irmãos de caminhada sem exigências e atitudes egoísticas.

Passamos a entender que somos diferentes, com limitações e nem sempre podemos ser o que realmente desejaríamos...

Vemos o nosso próximo com maior discernimento e entendemos que ele não pode ser exatamente como gostaríamos e mesmo assim o amamos...

Somos mais condescendentes com as faltas alheias, porque entendemos que também erramos e necessitamos de compreensão e apoio...

Ficamos felizes quando nossos irmãos estão bem e conseguem vitórias na vida profissional ou de relação sem nos importar se já fracassamos e estamos longe de conseguir o que eles já superaram.

Amamos incondicionalmente e já conseguimos perdoar aos que nos magoam sem cobrar atitudes de reparações ou reaproximação dos que agem assim conosco.

Sentimo-nos livres para viver nossa vida mesmo que nos recriminem ou não acreditem em nossas reais possibilidades, porque não nos importamos mais com o que os outros pensem a nosso respeito.

Sabemos que os outros não conseguirão nos mudar para melhor agindo desta forma, mas que nós podemos melhorar se tivermos a humildade de reconhecer nossos erros e desacertos.

Enfim, com o amor no coração nossa mente fica mais lúcida e percebemos claramente o quanto ainda teremos que nos transformar para melhor, já que somos todos interdependentes nesta viagem fantástica que é a vida...

Renovação moral

Todos nós buscamos a renovação moral quando iniciamos o aprendizado na seara espírita, entendendo que este é o caminho para nosso progresso espiritual.

Poucos, entretanto, reconhecem que esta transformação deve começar dentro de cada um, pela renovação dos sentimentos e busca incessante da educação e compreensão maior frente às dificuldades e impedimentos que surgem em nosso caminho.

É comum dizer que nossos maiores inimigos estão dentro de nós mesmos...

É uma assertiva verdadeira porque temos muita dificuldade em lidar com nossos conflitos, nossas imperfeições morais e as mazelas de nossa alma.

Facilmente, porém, percebemos os defeitos de nosso próximo, que nos incomodam e nos levam a críticas constantes. Nem sempre estamos discernindo o que realmente se passa no coração do outro.

No processo da transformação moral devemos priorizar a educação de nossos sentimentos, iniciando nos gestos mais simples do âmbito familiar como aprendizado para a vida lá fora.

Ser compreensivo com os que necessitam de nossa ajuda mesmo que já os tenhamos ajudado inúmeras vezes no recesso do lar...

Ter paciência e ouvir os que nos pedem conselhos ou desejam simplesmente falar de si mesmos...

Buscar no autoconhecimento e análise diária a avaliação sincera de nosso comportamento quando somos criticados e nos melindramos...

Ver no familiar que nos incomoda um teste de paciência e abnegação buscando entender seus problemas...

Entender as causas das diversidades e desigualdades dentro do lar, como recurso de Deus para nosso progresso moral, resgatando faltas do passado e melhorando nossa condição futura...

Este processo renovador dentro de nosso lar deve ainda ter outro ponto de partida que será entender nosso mundo íntimo, como nos sentimos realmente frente às nossas dificuldades e como poderemos atenuá-las.

Ninguém consegue entender o outro se não tiver dentro se si mesmo a aprovação do que faz e se sentir sereno intimamente.

A renovação dos sentimentos deve ser nossa busca constante para melhor.

Assim procedendo, estaremos mais aptos a seguir na vida de relação com equilíbrio, pacificados pela certeza de que somos todos interdependentes e que não podemos nos isolar em nossos pontos de vista, buscando sempre o consenso em qualquer situação difícil.

O caminho está no coração e o sentimento do amor nos coloca como filhos de Deus mais aptos a conseguir a renovação de nossos sentimentos, aprimorando-nos para a vida em sua plenitude.

Reflexões ante o céu estrelado

Contemplando o céu estrelado, fico a meditar na grandeza de Deus...

A beleza que nos assusta pela sua grandiosidade, a compreensão da pluralidade dos mundos habitados levam-me a pensar que poderia existir, em determinada estrela ou planeta, pessoas como eu que desejam um lugar melhor, pacífico, pleno de amor e compreensão entre os povos, isento das guerras, dos desmandos, da predominância dos fortes esmagando os mais fracos, da injustiça social causando tanta miséria e desesperança...

É utopia sonhar com esse mundo?

Será tão difícil assim concretizar este sonho que não é apenas meu, mas de tantas pessoas que amam a paz, que são generosas e compreendem as fraquezas alheias, perdoando-as, porque também têm necessidade da compreensão e do perdão?

Creio que muitos esperam e lutam para que este sonho se torne realidade, compreendendo que depende de todos nós conquistá-lo, começando a transformação dentro de nosso íntimo até alcançar e influenciar os que estão a nosso lado, para depois atingir os mais distantes e finalmente à sociedade na qual estamos inseridos.

Vai demorar ainda muito tempo?

Não importa. Nosso momento de iniciar esta mudança dentro de nós é hoje, porque já estamos cientes dos objetivos reais de nossa existência e temos o conhecimento espírita a nortear nossa vida. Somos detentores da fé alicerçada nos ensinamentos de Jesus que nos demonstrou que é possível conquistar a felicidade, viver em paz, transformando-nos intimamente, elegendo o amor como o mais poderoso antídoto do egoísmo, responsável maior pelos erros que retardam esta conquista tão sonhada...

Temos que nos empenhar no enfrentamento das dificuldades para obter a iluminação interior e não podemos apenas nos acomodar, pautando nossos atos nas heranças recebidas e nas aquisições logradas...

Envidar esforços para embelezar nosso mundo íntimo, desenvolvendo dentro de nós as potencialidades adormecidas que podem ser liberadas em favor de nosso crescimento espiritual.

Creio mesmo que o atraso na conquista deste mundo de regeneração e paz com que todos sonhamos está no descuido dos valores espirituais e na ênfase exagerada que damos à vida material tão transitória que significa tão pouco e é tão fugaz ante a grandeza do nosso futuro espiritual.

Todo processo de mudança não se realiza sem lutas, sem alterar situações acomodadas que se arrastam ao longo da vida, sem desejar com fé o fim almejado, porque estamos inseridos na lei do progresso que leva o mundo a alterações comportamentais frequentes. Os povos vão mudando suas condutas e perdendo tudo o que impede o avanço moral e social, segundo as Leis Divinas que são imutáveis e se cumprem no devido tempo.

Enfatizando que a mudança maior deve ocorrer dentro de cada um de nós, estamos considerando a necessária coragem para alterar nosso modo de vida, sair de nosso comodismo, de achar que não temos tempo ou que não vale a pena lutar, porque somos poucos e estamos diante de gigantescas organizações voltadas apenas para os interesses materiais... Mas acreditar que somos capazes de alterar e melhorar o mundo em que vivemos, porque temos o tesouro da fé e a certeza de que somos imortais, duas armas poderosas contra o materialismo e a insensatez que reinam absolutos em nosso mundo.

É um anseio natural da alma humana, ser feliz e realizar seus ideais e seus sonhos. Todavia, é imprescindível lutar para alcançar estes objetivos. Não podemos nos isolar em nossos pontos de vista, mas buscar nos relacionamentos uma ligação mais afetiva que nos leve a compreender o outro e entender nossas limitações.

Há sempre uma identidade no ser humano que se iguala com a do próximo: a busca da felicidade e o desejo de viver em paz.

Se nos isolarmos, ficaremos sem o apoio necessário quando as adversidades da vida surgirem e a dor visitar nossa alma. No entanto, poderemos superar mais facilmente o sofrimento se entendermos que ele pode ser um estímulo ao nosso crescimento espiritual e uma transformação benéfica. Entendemos melhor o outro que passa por situações idênticas e crescemos como seres humanos. A tristeza que se abate sobre nós, ferindo nosso coração, poderá ser também a motivação para sermos mais compassivos ante a dor do outro e expressar solidariedade, diminuindo as agruras do caminho.

Talvez este momento seja um enseio de crescimento espiritual, de nos tornarmos mais compreensivos e tolerantes começando as mudanças necessárias para uma vida melhor.

Certamente nossos exemplos deixarão marcas indeléveis naqueles que nos seguem ou caminham conosco na condição de amigos ou mesmo desafetos, porque o amor é o único meio eficaz de solucionar os problemas do mundo em sua transformação moral na linha da evolução a que estamos destinados.

Meu amigo, não se deixe abater ante as lutas e as dores da alma.

Reaja e procure em Jesus a solução para amenizar seu sofrimento.

Ele certamente estará com você nos momentos mais difíceis de sua vida, porque ele é o Amor personificado na figura excelsa de Mestre e Guia da Humanidade.

Refúgio de paz

Chegou a primavera com promessas de luzes e flores enfeitando a vida e nos convidando à fraternidade, à paz e ao amor sublime que nos inspira a Lei Divina.

Prossegue a Natureza em sua exuberância na sucessão infinita de ciclos e mudanças...

Toda a paisagem se embeleza nesta estação com maior intensidade. Os campos começam a reverdecer em tons variados, as árvores preparam-se para a floração primaveril, alimentando a esperança em nossos corações, nos indicando os efeitos benéficos da poda educativa se aceitarmos com este exemplo a lapidação que o sofrimento faz em nossas almas, preparando o caminho da felicidade e das conquistas espirituais...

Todos nós que já adentramos a maturidade física, entendemos melhor as nuanças das cores e a constância das modificações necessárias que acontecem em torno de nós e dentro de nosso mundo íntimo. As estações do ano bem semelhantes às nossas vivências ao longo da vida nos demonstram esta realidade.

A primavera esplende em cores e desabrocham flores como rebentos de amor, adornando os jardins e as praças em nossa cidade... E no ser consciente vige o entendimento que o amor produz, conduzindo-o à plenitude da existência, enfrentando as dores da alma, as dilacerações que a separação ou o distanciamento físico dos entes queridos impõe, trazendo o sofrimento e o desencanto... Muitas vezes dentro de nós a tristeza persiste e incomoda, mas logo depois se esvai ao toque do amor e da esperança, quando deslumbrados contemplamos a Natureza em festa, prenunciando o retorno de um novo tempo mais ameno, com a beleza de tardes mais longas, dias ensolarados e noites estreladas...

Precisamos nos precaver contra as mudanças bruscas que atordoam para não perdermos o real sentido da vida. Se os momentos de solidão, quando nos refugiamos na quietude do inverno, nos convidam ao recolhimento, à leitura saudável, evitando as noites frias e as manhãs enevoadas nas primeiras horas do dia; a primavera e o estio são permanentes convites ao entretenimento, aos passeios, às compras que, às vezes, nos distanciam das obrigações mais importantes.

Como equilibrar nossas atitudes e buscar o refúgio necessário para ordenar nossos pensamentos para entender o real sentido da vida?

Resguardando-nos na prece, na meditação, no trabalho no bem, ainda assim nossa alma sente o sobressalto destes tempos de correrias e aventuras estimuladas pela cobiça, pelo imediatismo das coisas perecíveis, pelo desejo de posse insaciável. Em torno de nós, correm os apressados, distantes dos objetivos da vida, os alienados desconhecendo o caminho e o destino que os aguardam, os levianos esquecidos do dever e da responsabilidade, desorientados e cansados da ilusão enganosa com que deparam a cada instante...

Os encontros e os desencontros se sucedem ao longo do caminho que é a vida de todos nós...

Mesmo não encontrando o jardim exterior que facilite a meditação ou o local de repouso onde possamos nos refugiar e descansar, cultivemos em nosso mundo íntimo o santuário em que nosso espírito possa se reabastecer na fé e no apoio fraterno, assimilando energias para prosseguir.

Somente encontraremos a felicidade e a paz no recôndito de nossa alma cultivando os valores legítimos que elevam nossos espíritos e enriquecem nossa vida.

Muitas vezes nos perdemos nas conquistas materiais que desvirtuam o sentido real da existência, exaurindo nossas forças nas competições, nas rivalidades e disputas nem sempre condizentes com nossos ideais enobrecedores assimilados no Evangelho de Jesus.

Todas as vezes que nos deixamos levar pela onda da insatisfação, do desalento ou pela precipitação na escolha de nossos deveres, priorizando as conquistas materiais em detrimento das espirituais, perdemos longo tempo retardando nossa caminhada.

Entretanto, quando brilha a luz do amor em nosso mundo íntimo, quando sentimos a paz do dever cumprido e da consciência tranquila, nada nos abala e prosseguimos confiantes rumo ao nosso destino maior, visando sempre ao progresso moral que nos impulsiona para frente e para o alto.

Quando nos deixamos levar pela incerteza, pelo medo, pelo desinteresse e nos acomodamos permitindo que a vida nos leve, somos arrastados para a vacuidade das conquistas materiais, perdendo o rumo e dilacerando nosso mundo íntimo, distanciando-nos da paz e da harmonia com que deveríamos nos preservar nas lutas diárias.

Cabe a cada um de nós construir este refúgio de paz no âmago do ser, com o mesmo cuidado com que tratamos nossos interesses habituais, para usufruirmos deste oásis em que o reequilíbrio e as energias salutares estão esperando por nós, desde que saibamos preservar nossa consciência da mágoa, dos dissabores causados pela negligência com que lidamos com nossos deveres, por meio do exercício do amor e do perdão — facilitadores desta melhor compreensão diante da vida.

Assim compreendemos o objetivo de nossa vida terrena, caminhando para a aceitação serena dos desígnios de Deus para lograrmos a conquista da paz, vivenciando o amor com devotamento e abnegação.

A arte de envelhecer

Quando a cortina do tempo vai descendo lentamente e nos damos conta de que estamos envelhecendo, ficamos surpresos ao perceber que os anos vividos não estão coerentes com os sentimentos e emoções que sentimos.

Sentimo-nos mais experientes, mais seguros e confiantes quanto ao nosso futuro e valorizamos mais os momentos vivenciados. Eu diria mesmo que vivemos com maior sabedoria porque a vida foi nos ensinando o valor de cada minuto.

A vida é simples se nos conduzimos com equilíbrio e aceitação das coisas que não podemos mudar e confiamos no futuro que nos aguarda como Espíritos imortais.

Imprimimos menor valor aos bens materiais, livramos nossa vida do que é supérfluo, sem utilidade e abrimos espaços para viver plenamente o que nos faz felizes.

Sentimo-nos como o jovem que termina o curso superior e inicia com entusiasmo e coragem a vida prática, ansioso e feliz pela expectativa de um bom emprego em que poderá exercer sua profissão e adquirir a liberdade sem dependência dos que o ajudaram a chegar naquele patamar.

Numa comparação simples é o que acontece conosco quando atingimos a maturidade física adentrando na terceira idade ou boa idade como designam os mais otimistas e eu me incluo nesta denominação.

Ficamos mais livres, mais soltos em nossas aspirações e buscamos novidades, realizando tarefas e coisas que nunca conseguimos fazer presos a compromissos no lar, junto aos familiares e amigos que dependiam de nós.

Como idosos, começamos a compreender melhor a vida e os amigos.

Os filhos já têm vida própria, seguem seus caminhos e possuem seus grupos na sociedade e na profissão.

A ligação que perdura é a da afetividade, do amor que continua para alguns e me sinto gratificada por ser detentora deste elo com meus familiares, cujo sentimento aquece o meu coração e enriquece meus dias.

Entretanto, não há mais condição para assumir responsabilidades que são deles e graças a Deus compreendo que não posso e nem devo me impor em suas vidas.

É verdade que existem as limitações físicas, as dores ocasionais e o envelhecimento natural que às vezes incomodam...

A liberdade de agir enquanto somos independentes e estamos lúcidos, porém, é algo maravilhoso que minha geração não havia ainda vivenciado.

Minhas netas não acreditam nas coisas que lhes conto e acham que estou exagerando, no entanto é a mais pura verdade. Éramos dóceis e submissas, mas não éramos felizes totalmente porque hoje compreendo que o maior bem do ser humano é a liberdade de ir e vir, expressar seus sentimentos e dizer não todas as vezes que desejar, e não se submeter à vontade dos outros.

Mocidade na velhice é o que sentimos quando viajamos, cantamos, dançamos e vivemos plenamente a vida.

Quando sentimos que somos úteis e podemos ajudar aos que nos procuram.

Quando o amor bate forte em nosso coração no compasso da alegria e da felicidade...

Quando descortinamos mais um dia no calendário da vida!

Sou grata a Deus pelo dom da vida, por perceber nas coisas simples e nas grandiosas que Ele criou a beleza, o encanto e a poesia que nos leva a sonhar com um mundo de paz e generosidade onde todos nós seremos respeitados e amados como verdadeiros irmãos.

A idade cronológica é convenção humana.

O que conta mesmo é a idade de nosso coração, de nossos sentimentos...

E todos nós, idosos, quando sabemos a arte de envelhecer, temos certeza disso!

A boa palavra

"Quem quer amar a vida e ter os dias felizes, refreie a língua do mal..."
(I Pedro, 3:10.)

No relacionamento humano, muitos entraves surgem na conversação indevida e na colocação de frases que ofendem e retalham sem respeito à vida alheia.

A palavra é condutora de energia positiva ou negativa dependendo do uso que lhe atribuímos na vida de relação.

Quando alguém procurar você com informações da vida do próximo ou novidades que lesam a dignidade de um companheiro, evite comentários que coadunem com esta conduta e procure ver algum ângulo bom em relação ao amigo ausente para refrear a maldade.

Falar da honra de um amigo ausente é covardia moral.

Recorda das vezes que estando em erro, um amigo foi generoso para com você e defendeu suas atitudes dando-lhe oportunidade de reparação para que sua mente se aliviasse do peso da culpa e do remorso.

Quando você esteve em dificuldades ou sofreu dores acerbas, deixando extravasar sua dor com lamentações ou queixas, quantos amigos tiveram paciência com você e o ajudaram a vencer os momentos difíceis com carinho e abnegação...

Sempre que a imprudência estiver conduzindo você a menosprezar a vida de outrem ou maldizer com palavras contundentes magoando e ferindo, lembra dos momentos em que você precisou de tolerância e paciência dos que estiveram ao seu lado, impedindo que você complicasse ainda mais suas dificuldades...

Seja tolerante e paciente também com os que perturbam sua vida e evite palavras rudes e cruéis porque seu pensamento tem o poder de enviá-las como farpas aguçadas na direção do próximo, mas certamente elas voltarão com maior intensidade a ferir você mais rápido do que pensa.

Meu irmão, seja gentil e generoso para com as faltas alheias.

Todos nós somos necessitados de compreensão e apoio fraterno em nossa caminhada pela estrada da vida.

Como nos adverte com sabedoria o apóstolo Pedro, se desejamos ter dias felizes aqui na Terra, evitemos usar a palavra como arma ferina e esforcemo-nos para falar o que convém nos momentos oportunos quando poderemos ajudar e construir com a força do bem o melhor ao nosso alcance.

Usar a palavra com caridade e refrear o desejo de ofender a quem quer que seja que cruze o nosso caminho é atitude equilibrada de quem conhece a Lei de Causa e Efeito, sabendo que o mal que fazemos contra alguém retorna com maior intensidade para nós.

A arte de ser feliz

É preciso saber olhar com encantamento as coisas que estão diante de nós para perceber a magia da Criação divina, ofertando-nos, a cada instante, meios de viver em plenitude.

A felicidade é um momento fugaz na vida quando percebemos nas coisas simples da Natureza a motivação para viver...

Certa vez, numa fase muito difícil de minha vida, triste e infeliz, fiquei assentada diante de uma janela olhando o horizonte e na moldura que ele fazia, observei o lindo quadro que se descortinava diante de mim...

Era um retrato vivo da Natureza a me indicar a maravilhosa mão de Deus estendida, mostrando as coisas simples que Ele criara para enfeitar meus dias e alegrar meu coração...

Dentro de mim o desencanto e a amargura. Lá fora a vida palpitando em cores e sons mágicos convidando-me ao amor, ao perdão e à paz...

E meu pensamento começou a divagar a respeito da riqueza daquele momento, quando a dor invadia meu ser, educando meus sentimentos e aumentando minha percepção.

Não consegui ficar insensível a tudo o que se apresentava diante de mim.

E, aos poucos, fui me acalmando, parei de chorar e uma voz interior me apontava o caminho: calma, paciência, não se precipite, ore e confie!

Consegui orar e diante daquela paisagem linda que eu olhava através da janela, como um convite à vida, entendi que eu também deveria abrir as janelas de minha alma e *aprender a olhar* para poder visualizar com gratidão as dádivas da Natureza.

Da tristeza anterior e das lágrimas que toldavam minha visão, passei a observar com maior nitidez a vida, assistindo da janela que se abria diante de mim as pequeninas coisas que passaram a me fazer feliz.

Observei o voo da garça em seu porte elegante cruzando o lago que tranquilo descansava suas águas no barranco da estrada salpicada de flores miúdas...

Ouvi o canto do sabiá na mangueira florida...

Descortinei o azul do céu onde nuvens tênues desfilavam para mim numa simetria perfeita, caminhando na direção do infinito...

Sorri olhando as crianças brincando no terreiro da Fazenda, num alarido despreocupado e feliz...

Abri meus olhos e meu coração ante a beleza de tudo que aquele momento mágico me propiciava...

Ao longo da vida, depois daquela tarde distante, passei a olhar com os olhos do coração as flores, os pássaros, os transeuntes que passam diante de minha janela, o céu estrelado, o Sol no alvorecer, a água que me servem às refeições, saboreando cada instante, apreciando cada momento, externando minha gratidão a Deus pelas pequenas dádivas que adornam minha vida nos momentos felizes.

Procure você também, meu irmão, ver na simplicidade das coisas pequenas a motivação maior para viver em plenitude e seja completamente feliz! Mesmo que seja apenas por um instante mágico de ternura e gratidão.

A felicidade não está longe de nossos olhos nem distante de nosso coração porque mora dentro de nosso mundo íntimo e depende de cada um de nós saber encontrá-la na simplicidade e no amor!

Um Natal diferente

Estamos na temporada de estio com chuvas torrenciais, calor abafado e a Natureza apresenta colorações esverdeadas agradecendo a terra molhada e o aquecimento que favorece a germinação de novos rebentos e flores nas árvores que circundam a rua de meu bairro.

Tempo de festas, compras apressadas para o Natal que se aproxima...

Observando as pessoas nas ruas e avenidas, circulando em carros vagarosos pelo trânsito congestionado ou andando apressadas carregando embrulhos coloridos e vistosos, penso em outros tempos quando mais jovem me preocupava demasiadamente em atender tantas solicitações de amigos e familiares, festas de confraternização e encontros de final de ano...

Tanto cansaço e correria por quase nada...

Hoje meditando em tudo que amealhei ao longo destes anos, o que mais me conforta e alegra é a possibilidade de abraçar familiares e amigos queridos nestas comemorações que ainda nos dão alegria íntima.

Há uma sensibilidade maior nos corações humanos com a chegada do Natal.

Embora muitos não cogitem do verdadeiro significado da vinda de Jesus à Terra, nem meditem nos ensinamentos que Ele deixou como roteiro de luz em nossas vidas, o Natal tem a magia e o encantamento de nossa infância quando éramos simples e afetuosos, espontâneos e felizes.

Atualmente, sinto necessidade de simplificar a noite de Natal em família, para liberar meus filhos do compromisso de estar comigo, *porque tem que ser assim...* Hoje não vejo mais necessidade de atenderem a um formalismo que já se desgastou com o tempo...

Ante a ausência dos entes queridos necessitamos de um recolhimento mais profundo nesta data e tentamos fugir da algazarra com que muitos comemoram o Natal.

Não há em meu coração a alegria de antes, das noites natalinas da infância e juventude na casa de meus pais e dos que vivenciei com a família que construí nesta vida...

Sinto que este ano será um Natal diferente...

Talvez a semelhança se restrinja à saudade dos que não se encontram mais conosco, o desencanto pela ausência de alguns e num misto de alegria e tristeza irei abraçar aos que amo e ainda permanecem a meu lado com dedicação e carinho!

Certamente iremos orar a Jesus pedindo bênçãos e proteção para todos, inclusive para os que não nos compreendem os anseios de crescimento espiritual, para os que se afastaram de nós e para os que se dizem nossos desafetos...

Como é Natal nenhum sentimento que não seja o amor poderá habitar em nosso mundo íntimo para que a paz e a alegria estejam em nosso coração!

Presente de Natal

Aquele Natal parecia estranho para os meus olhos de criança...

Não estávamos morando em nossa casa, meus pais estavam tristes e em especial minha mãe, esperando o oitavo filho, mantinha a fé porque orava sempre conosco, todavia, muitas vezes a encontrei chorando sozinha no quarto que ocupávamos na casa de sua irmã que bondosamente nos acolheu para que ela tivesse mais tranquilidade naquele período de sua vida. O marido dela era médico e assim mamãe ficava mais segura com relação ao parto, cujo dia já se aproximava.

Não me lembro onde estavam meus outros irmãos porque não recordo de suas presenças naquele Natal distante... Imaginava que estavam viajando ou na casa de algum parente.

Eu me preocupava com o Papai Noel. Como iria encontrar nosso novo endereço?

Conversei com meu pai e pedi uma linda boneca que eu vira na vitrine da loja da praça e não observei que ele quase chorava ao me explicar que talvez não pudesse pedir ao Papai Noel o presente que eu tanto desejava...

Passei dias sonhando com a boneca e não compreendia porque não a poderia ter... Com apenas quatro anos não entendemos problemas de dinheiro, desemprego, perdas materiais...

Na véspera de Natal, meus primos já colocavam seus sapatinhos nas portas dos quartos, sorridentes e felizes na certeza de que teriam seus pedidos satisfeitos...

Brincamos um pouco e fui dormir sem saber ao certo o que aconteceria na manhã seguinte e pensava: *Será que Papai Noel não vai trazer minha boneca? Como saberia onde eu estava? Por que meu pai falara aquelas coisas se não era ele quem iria comprar o presente?*

Meus pensamentos foram interrompidos com a chegada de meu pai.

Ele orou comigo e acariciou meus cabelos.

Quando ia se afastar, perguntei:

— *Onde está mamãe?*

Ele apenas respondeu:

— *Descansando.*

E saiu do quarto onde eu dormia com minha prima.

Ao acordar, pela manhã, virando-me na cama, esbarrei no embrulho que estava ao meu lado. Rasgando o papel colorido, vi a boneca tão desejada... Apertei-a em meus braços, e não passou muito tempo, meu pai entrou no quarto com um bebê enrolado numa manta cor-de-rosa.

Sorrindo, ele colocou o bebê ao meu lado e disse:

— *Veja que linda boneca Papai do Céu mandou para você!*

Contemplei o bebezinho que ele trouxera e percebi que era muito mais bonito e rosado que a boneca que eu apertava em meus braços...

Este Natal ficou gravado em minha memória como o mais importante de minha vida...

Inesquecível o olhar de meu pai, radiante de felicidade, quando adentrara em meu quarto com minha irmãzinha ao colo...

Acreditei em suas palavras e durante algum tempo achava que o bebezinho era meu e dei algum trabalho para minha mãe, desejando cuidar dela, dar-lhe banho, brincar e dar mamadeira de brinquedo...

Com o tempo aceitei a situação e compreendi que era outra irmã que chegara e me senti feliz.

Logo depois nossa vida melhorou, meu pai conseguiu emprego e nos mudamos para uma linda casa onde reconstruímos nosso lar e aprendemos o valor do trabalho e da fé em Deus!

O Natal e Jesus

Todos os anos, com a proximidade do Natal de Jesus, sensibilizamo-nos com maior intensidade ao recordar nossa infância, a casa de nossos pais, as reuniões em família quando juntos comemorávamos esta data tão importante...

Em nossos lares, depois de adultos, tentamos seguir as tradições familiares e cristãs, buscando vivenciar com maior intensidade os ensinamentos do Mestre, praticando a caridade, ajudando os que precisam de apoio, consolando os que sofrem...

Há uma intensa vibração de amor e solidariedade a movimentar todos os que veem em Jesus o modelo a seguir, pela excelsa figura que sempre nos emocionou diante das agressões e desafios enfrentados, dando-nos exemplos de humildade, amor, compreensão e tolerância para com os que viveram naquela época e até os dias atuais...

Infelizmente, Jesus é ainda incompreendido pela maioria dos homens...

Mesmo os que se dizem cristãos e seus seguidores, nos momentos de testemunho e nos relacionamentos diários, distanciados de seus exemplos, dificultam a implantação do Reino de Deus aqui na Terra.

Sabemos que este Reino tem que ser elaborado no coração de cada ser humano, para que a paz e a fraternidade reinem soberanas, dando condições a todos os filhos de Deus de crescerem em conhecimento e moralmente.

Quando todos nos tornarmos verdadeiramente irmãos, o Natal será evocado com a vivência de todos os ensinamentos de Jesus e cada um de nós estenderá as mãos aos que necessitem de ajuda, colocando o coração amoroso neste gesto de solidariedade cristã.

Neste mundo tão sonhado pelos homens de boa vontade deixarão de existir as disputas materiais, as guerras, os infortúnios, a miséria social, os preconceitos e as dissensões oriundos da ganância do poder aviltado pela intolerância e pelo desamor.

O egoísmo terá sido banido dos corações humanos e brilhará em todo o seu esplendor a luz do amor, direcionando os passos de todos os que caminham unidos pela estrada da vida seguindo a linha do progresso moral.

Neste Natal, meu irmão, deixe que Jesus penetre em seu coração e, sob este impulso mágico, libere seus melhores sentimentos de paz, de generosidade e compreensão!

A esperança voltará a iluminar sua consciência na busca de um novo tempo em que a compaixão e a caridade estarão estendendo as mãos na direção dos que sofrem e precisam de você.

Novos tempos

Novos tempos... Renovam-se as esperanças de dias melhores...

Em cada coração há uma nova expectativa ante o ano que inicia com prenúncios de paz e melhores oportunidades nos diversos setores em que nos empenhamos para viver em equilíbrio.

Após o recesso nas atividades profissionais, religiosas e familiares, quando todos se abasteceram de energias salutares nas praias, nas montanhas ou permanecendo na cidade onde procuram as praças, os parques e as caminhadas ao alvorecer, há um novo sentimento de esperança com relação à vida e à continuidade deste espírito de fé e confiança reativado pela lembrança do Natal de Jesus e de seus ensinamentos.

O ideal seria que este sentimento permanecesse todos os dias do ano, nos motivando a buscar cada vez mais a vivência cristã e a fraternidade...

Onde buscar a coragem para prosseguir com otimismo e bom ânimo?

Debalde a procuraremos nas coisas materiais que nos cercam, dando-nos conforto e satisfação pessoal.

A paz e a confiança de que poderemos nos sair bem neste novo ciclo de vida somente encontraremos dentro de nós mesmos, pelas experiências já vividas, as lutas já superadas, as dores da alma já cicatrizadas nos indicando que tudo passa na vida, tudo se renova...

Dentro de nós também... Tudo passa e se transforma.

Analisando o passado em todas as suas manifestações felizes ou infelizes, podemos constatar: a transitoriedade das coisas materiais, a superficialidade de muitos sentimentos que pareciam profundos e duradouros, as considerações a respeito dos valores morais e intelectuais. Verificamos assim que estamos constantemente mudando por dentro e por fora sem nos dar conta da rapidez com que isto acontece.

O importante é superar as dificuldades e prosseguir lutando por uma vida melhor, mais significativa, com valores morais já conquistados, mantendo a consciência em paz.

Neste novo ciclo, fechando mais uma década e adentrando em outra fase na qual as mudanças irão, certamente, ocorrer, mantenha a lucidez e o discernimento para que não se veja envolvido no turbilhão dos que buscam apenas o prazer e a aventura, esquecidos dos valores espirituais — reais e eternos!

Mesmo na adversidade, enfrentando as dores da alma pelas perdas, pelo distanciamento daqueles que ama, sofrendo a injustiça perante os que lhe deviam respeito e consideração, lute por dias melhores e não perca a esperança.

Tudo passa na vida com exceção dos valores morais que enriquecem a existência e distinguem você dos outros seres humanos, mantendo a sua identidade e sua individualidade própria, imortal, indestrutível, que o caracterizam como filho de Deus e seu legítimo herdeiro.

GOTAS DE OTIMISMO E PAZ				
EDIÇÃO	IMPRESSÃO	ANO	TIRAGEM	FORMATO
1	1	2011	4.000	14x21
1	2	2014	1.000	14x21
1	POD*	2021	POD	14x21
1	IPT**	2022	30	14x21
1	IPT	2022	50	14x21
1	IPT	2024	50	14x21

* Impressão por demanda
** Impressão pequenas tiragens

LITERATURA ESPÍRITA

Em qualquer parte do mundo, é comum encontrar pessoas que se interessem por assuntos como imortalidade, comunicação com Espíritos, vida após a morte e reencarnação. A crescente popularidade desses temas pode ser avaliada com o sucesso de vários filmes, seriados, novelas e peças teatrais que incluem em seus roteiros conceitos ligados à Espiritualidade e à alma.

Cada vez mais, a imprensa evidencia a literatura espírita, cujas obras impressionam até mesmo grandes veículos de comunicação devido ao seu grande número de vendas. O principal motivo pela busca dos filmes e livros do gênero é simples: o Espiritismo consegue responder, de forma clara, perguntas que pairam sobre a Humanidade desde o princípio dos tempos. Quem somos nós? De onde viemos? Para onde vamos?

A literatura espírita apresenta argumentos fundamentados na razão, que acabam atraindo leitores de todas as idades. Os textos são trabalhados com afinco, apresentam boas histórias e informações coerentes, pois se baseiam em fatos reais.

Os ensinamentos espíritas trazem a mensagem consoladora de que existe vida após a morte, e essa é uma das melhores notícias que podemos receber quando temos entes queridos que já não habitam mais a Terra. As conquistas e os aprendizados adquiridos em vida sempre farão parte do nosso futuro e prosseguirão de forma ininterrupta por toda a jornada pessoal de cada um.

Divulgar o Espiritismo por meio da literatura é a principal missão da FEB, que, há mais de cem anos, seleciona conteúdos doutrinários de qualidade para espalhar a palavra e o ideal do Cristo por todo o mundo, rumo ao caminho da felicidade e plenitude.

CARIDADE: AMOR EM AÇÃO

Sede bons e caridosos: essa a chave que tendes em vossas mãos. Toda a eterna felicidade se contém nesse preceito: "Amai-vos uns aos outros". KARDEC, Allan. *O evangelho segundo o espiritismo*, cap. 13, it. 12.

A Federação Espírita Brasileira (FEB), em 20 de abril de 1890, iniciou sua *Assistência aos Necessitados* após sugestão de Polidoro Olavo de S. Thiago ao então presidente Francisco Dias da Cruz. Durante oitenta e sete anos, esse atendimento representava o trabalho de auxílio espiritual e material às pessoas que o buscavam na Instituição. Em 1977, esse serviço passou a chamar-se Departamento de Assistência Social (DAS), cujas atividades assistenciais nunca se interromperam.

Desde então, a FEB, por seu DAS, desenvolve ações socioassistenciais de proteção básica às famílias em situação de vulnerabilidade e risco socioeconômico. Fortalece os vínculos familiares por meio de auxílio material e orientação moral-doutrinária com vistas à promoção social e crescimento espiritual de crianças, jovens, adultos e idosos.

Seu trabalho alcança centenas de famílias. Doa enxovais para recém-nascidos, oferece refeições, cestas de alimentos, cursos para jovens, serviços de convivência e fortalecimento de vínculos para idosos e organiza doações de itens que são recebidos na Instituição e repassados a quem necessitar.

Essas atividades são organizadas pelas equipes do DAS e apoiadas com recursos financeiros da Instituição, dos frequentadores da Casa e por meio de doações recebidas, num grande exemplo de união e solidariedade.

Seja sócio-contribuinte da FEB, adquira suas obras e estará colaborando com o seu Departamento de Assistência Social.

O EVANGELHO NO LAR

Quando o ensinamento do Mestre vibra entre quatro paredes de um templo doméstico, os pequeninos sacrifícios tecem a felicidade comum.[1]

Quando entendemos a importância do estudo do Evangelho de Jesus, como diretriz ao aprimoramento moral, compreendemos que o primeiro local para esse estudo e vivência de seus ensinos é o próprio lar.

É no reduto doméstico, assim como fazia Jesus, no lar que o acolhia, a casa de Pedro, que as primeiras lições do Evangelho devem ser lidas, sentidas e vivenciadas.

O espírita compreende que sua missão no mundo principia no reduto doméstico, em sua casa, por meio do estudo do Evangelho de Jesus no Lar.

Então, como fazer?

Converse com todos que residem com você sobre a importância desse estudo, para que, em família, possam compreender melhor os ensinamentos cristãos, a partir de um momento de união fraterna, que se desenvolverá de maneira harmônica e respeitosa. Explique que as reflexões conjuntas acerca do Evangelho permitirão manter o ambiente da casa espiritualmente saneado, por meio de sentimentos e pensamentos elevados, favorecendo a presença e a influência de Mensageiros do Bem; explique, também, que esse momento facilitará, em sua residência, a recepção do amparo espiritual, já que auxilia na manutenção de elevado padrão vibratório no ambiente e em cada um que ali vive.

Convide sua família, quem mora com você, para participar. Se mora sozinho, defina para você esse momento precioso de estudo e reflexões. Lembre-se de que, espiritualmente, sempre estamos acompanhados.

Escolha, na semana, um dia e horário em que todos possam estar presentes.

O tempo médio para a realização do Evangelho no Lar costuma ser de trinta minutos.

---

[1] XAVIER, Francisco Cândido. *Luz no lar*. Por Espíritos diversos. 12. ed. 7. imp. Brasília: FEB, 2018. Cap. 1.

As crianças são bem-vindas e, se houver visitantes em casa, eles também podem ser convidados a participar. Se não forem espíritas, apenas explique a eles a finalidade e importância daquele momento.

O seguinte roteiro pode ser utilizado como sugestão:

1. Preparação: leitura de mensagem breve, sem comentários;
2. Início: prece simples e espontânea;
3. Leitura: *O evangelho segundo o espiritismo* (um ou dois itens, por estudo, desde o prefácio);
4. Comentários: breves, com a participação dos presentes, evidenciando o ensino moral aplicado às situações do dia a dia;
5. Vibrações: pela fraternidade, paz e pelo equilíbrio entre os povos; pelos governantes; pela vivência do Evangelho de Jesus em todos os lares; pelo próprio lar...
6. Pedidos: por amigos, parentes, pessoas que estão necessitando de ajuda...
7. Encerramento: prece simples, sincera, agradecendo a Deus, a Jesus, aos amigos espirituais.

As seguintes obras podem ser utilizadas nesse momento tão especial:

- *O evangelho segundo o espiritismo*, como obra básica;
- *Caminho, verdade e vida*; *Pão nosso*; *Vinha de luz*; *Fonte viva*; *Agenda cristã*.

Esse momento no lar não se trata de reunião mediúnica e, portanto, qualquer ideia advinda pela via da intuição deve permanecer como comentário geral, a ser dito de maneira simples, no momento oportuno.

No estudo do Evangelho de Jesus no Lar, a fé e a perseverança são diretrizes ao aprimoramento moral de todos os envolvidos.

FEB editora
Livro espírita para um novo mundo
www.febeditora.com.br
@febeditoraoficial
@febeditora

Conselho Editorial:
Carlos Roberto Campetti
Cirne Ferreira de Araújo
Evandro Noleto Bezerra
Geraldo Campetti Sobrinho – Coord. Editorial
Jorge Godinho Barreto Nery – Presidente
Maria de Lourdes Pereira de Oliveira
Miriam Lúcia Herrera Masotti Dusi

Produção Editorial:
Elizabete de Jesus Moreira

Capa e Projeto Gráfico:
Caroline Vasquez

Normalização Técnica:
Biblioteca de Obras Raras e Documentos Patrimoniais do Livro

Esta edição foi impressa no sistema de Impressão pequenas tiragens, todos em formato fechado de 140x210 mm e com mancha de 100x170 mm. Os papéis utilizados foram o Off white 80 g/m² para o miolo e Cartão 250 g/m² para a capa. O texto principal foi composto em Cambria 11/14 e os títulos em Port Credit 30/36. Impresso no Brasil. Presita en Brazilo.